징크스는 위긴스 아줌마 몸에 물방울 무늬를 그려 넣었다.

돼지 프레디와 다양한 동물 친구들이 주는 웃음과 감동, 무한한 호기심이 펼쳐지는 동물들의 세상

돼지 프레디와 동물 친구들이 살고 있는 '빈 아저씨네 농장'을 무대로 펼쳐지는 프레디 이야기는 1927년도에 첫 권 《플로리다에 간 프레디》를 시작으로 1958년 총 26권이 발행되기까지 당시 미국 어린이들의 사랑을 한몸에 받은 아동 문학의 고전입니다. 영리하고 합리적인 돼지 프레디를 중심으로 농장에 사는 다양한 동물들의 생활이 생생하게 펼쳐지고 있습니다. 재미와 웃음, 감동은 물론 이야기를 다 읽고 난 다음에는 왠지 내게도 일어날 수 있을 것 같은 이야기에 마음이 설레기까지 합니다. 이 동화가 출간되던 당시 미국에서 어린 시절을 보낸 사람이라면 프레디 이야기를 모르는 사람이 없을 정도로, 프레디 이야기는 '선과 악, 우정과 배반, 정직과 거짓에 대해 가장 명확한 정의를 내려 준' 책으로 인정받고 있습니다.

이 책의 지은이인 월터 R. 브룩스(Walter R. Brooks)는 1886년 1월 9일 뉴욕 주의 롬에서 태어나 1958년 8월 17일 뉴욕 주의 록스베리에서 사망하기까지 수많은 글을 쓰며, 여러 유명 잡지에 글을 발표했습다. 그중 단편 소설 〈에드는 맹세했다〉는 1950년대에 말하는 말을 주인공으로 한 텔레비전 시리즈 《에드 씨》의 기본 줄거리가 되기도 했습니다. 뭐니뭐니해도 브룩스의 가장 훌륭한 업적은 바로 이 프레디 시리즈라 할 수 있습니다. 1958년 세상을 떠날 때까지 그는 프레디를 주인공으로 총 26권의 이야기를 써 나갔습니다.

《레오폴드 왕의 유령》의 저자인 아담 호크쉴드(Adam Hochschild)는 "나의 어린 시절에 선과 악, 우정과 배반, 정직과 거짓에 대해 가장 명확한 정의를 내려 준 곳은 교회도, 학교도, 보이스카우트도 아닌 '빈 아저씨 농장'이었다"고 회상하고 있습니다.

미국의 유명한 평론가이자 작가인 라이오넬 트릴링은 프레디 시리즈를 "정말 유쾌하다"고 평했습니다. 또 부룩스를 좋아하는 사람들은 프레디를 조지 오웰의 《동물 농장》(1945년)에 나오는 유명하고 문학적인 돼지들의 조상으로 보고 있기도 합니다.

프레디 시리즈의 삽화를 그린 쿠르트 바이제(Kurt Wiese)는 1887년 독일 민덴에서 태어났습니다. 1928년에 '아기 사슴 밤비'를 그리면서 세계적인 명성을 얻은 그는 1974년 5월 87세를 일기로 세상을 떠나기까지 400권이 넘는 책의 삽화를 그렸으며, 그 가운데 18권은 직접 글을 쓰기까지 했습니다. 세계 곳곳을 여행했으며, 특히 중국을 좋아해 중국에서 오랫동안 머물렀습니다. 그의 작품 가운데는 중국에서의 기억과 소재를 바탕으로 한 작품이 여럿 있습니다. 미국의 동화책 삽화가 중에서도 특히 뛰어난 작가로 인정받고 있는 그는, 칼데코트 상(Caldecott Honors : 1938년부터 매년 최우수 그림책을 만든 작가에게 수여되는 명예상)과 뉴베리 상(Newbery Awards and Honors : 1922년부터 매년 최우수 어린이 문학 작가에게 수여되는 최고의 영예)을 받았습니다. 바이제는 특히 동물들을 즐겨 그렸다고 합니다.

프레디

주인공. 영리하고 똑똑한 돼지. 글을 읽고 쓸 줄
알며 돼지우리에 자신만의 서재를 갖고 있다. 시를
짓는 것이 취미이며, 모험을 즐긴다. 동물들과 함께
플로리다를 여행한다.

징크스

검은 고양이. 프레디의 오랜 친구로, 민첩하며
장난을 좋아한다. 남이 하는 말에 참견을 잘하며
허풍이 세다. 근본적으로 심성이 나쁘지는 않다.

위긴스 부인

겸손하고 마음 착한 암소. 웬만해서는 흥분도 하지
않고 화도 내지 않지만 동물 친구들을 위협하는
검은 콧수염의 남자를 뿔로 받아 물리쳐 동물
친구들을 보호한다.

찰스

꼬리 깃털 닦는 것이 취미인 수탉. 남들 앞에서
연설하는 것을 특히 즐긴다. 아침마다 빈 아저씨와
농장 식구들을 깨우는 일을 힘들어 한다. 추운
겨울을 싫어하여 플로리다 여행을 제안한다.

헨리에타

찰스의 부인. 찰스에게 잔소리를 해 대는 것이 가장
큰 일과인 암탉. 찰스가 말을 듣지 않으면
인정사정없이 꼬집고 쪼아 댄다. 찰스가 세상에서
가장 두려워하는 존재.

로버트

빈 아저씨의 충실한 개. 빈 아저씨 시중을 들면서 옆에서 보고 배운 것이 많아 여행길에 도움이 된다. 잭을 이해하고 친구로 받아들여 주며, 빈 아저씨와 찰스를 위해 자명종 시계를 구해 온다.

잭

플로리다 가는 길에 로버트의 도움으로 농장 식구가 된 마음 착하고 순한 검둥개. 나쁜 주인 검은 콧수염의 추적을 따돌리고 로버트와 단짝 친구가 된다. 로버트보다 몸집이 두 배는 크다.

한크

농장에서 일을 가장 많이 하는 늙은 말. 마차를 끌고 짐을 나르느라 생긴 관절염 때문에 고생한다. 추위를 싫어하여 플로리다로 떠나며, 돌아오는 길에 보물을 실은 사륜 마차를 끌고 온다.

엘리스와 엠마

농장의 연못에 사는 오리들. 프레디에게 수영을 가르쳐 주었다. 한크의 등에 올라타고 플로리다로 떠난다.

웹 부부

소 헛간 지붕에 사는 거미 부부. 위긴스 부인의 뿔 사이에 거미줄을 치고 플로리다 여행을 떠난다. 개미들에게힌트를 얻어 보물을 발견하고, 파리를 협박하여 위기에 빠진 찰스 부부를 구해 준다.

옮긴이 | 박인희

연세대학교를 졸업하고
번역가로 활동하고 있다.
옮긴 책으로 《카르마》 《인상학》 《아빠라는 이름의 남자》
외 여러 권이 있다.

플로리다에 간 프레디

초판 1쇄 인쇄 | 2004년 8월 5일
초판 1쇄 발행 | 2004년 8월 10일

지은이 | 월터 R. 브룩스
옮긴이 | 박인희
펴낸이 | 양동현

펴낸곳 | 도서출판 나들목
출판등록 | 제6-483호
주소 | 서울 성북구 동소문동4가 124-2
대표전화 | 02) 927-2345 팩시밀리 | 02) 927-3199
이메일 | academybook@hanmail.net

ISBN | 89-90517-31-1 04840
ISBN | 89-90517-30-3 04840(전 3권)

잘못 만들어진 책은 구입한 곳에서 바꾸어 드립니다.

플로리다에 간 프레디

Freddy goes to Florida

월터 R. 브룩스 | 박인희 옮김

나들목

차 례

1
수탉 찰스의 하루

수탉 찰스는 닭장 문을 나와 천천히 뜰을 가로질러 걸어갔다. 새벽 네 시 반, 뜰은 캄캄했고 먼동이 트려면 아직 한참을 기다려야 했다.

추위에 몸이 덜덜 떨려 왔다. 찰스는 따스하고 편안한 닭장으로 돌아가고 싶은 생각이 간절했지만 그럴 수는 없었다. 빈 아저씨를 깨워야 했기 때문이었다. 자명종 시계를 살 수 없을 만큼 가난한 농부 빈 아저씨는 수탉 찰스의 울음소리를 듣고 아침 일찍 잠에서 깨어나곤 했다. 지난 번 늦잠을 잤을 때, 빈 아저씨는 몹시 화를 내면서 찜닭 요리를 만들어 일요일 저녁 식탁에 올리겠다고 겁을 주었다. 찰스는 동물들이 잠들어 있는 이른 아침에 일어나는 것을 좋아하지 않았지만, 그래도 찜닭 요리가 되는 것보다는 훨씬 낫다고 생각했다. 그래서 그날 아침도 잠이 덜 깬 상태로 말뚝 위에 올라갔다. 그리고 몇 차례 목청을 가다듬은 다음 큰 소리로 울기 시작했다.

"꼬끼오! 꼬끼오-오!"

동쪽 하늘이 서서히 밝아지더니 사방이 온통 분홍빛으로 물들기 시작했다. 한동안 정적이 흐르고 나자 안뜰에 있는 느릅나무 안에서 개똥지빠귀들이 속삭이는 소리가 들려왔다. 다람쥐 새끼 한 마리가 울타리를 따라 쪼르르 달려와서 찰스의 옆 말뚝에 서더니 앞발로 세수를 하기 시작했다. 말뚝 아래 집 안에서는 돼지들이 꿀꿀거리며 난리를 치고 있었다. 찰스는 돼지들이 아침밥을 기다리고 있다는 것을 짐작할 수 있었다. 찰스는 몇 차례 더 큰 소리로 울었다.

마침내, 하늘과 들판이 만나는 아득한 저 멀리에서 금빛의 자그마한 불꽃이 모습을 드러냈다. 점점 커지기 시작한 불꽃은 커다란 횃불이 되었고, 곧이어 집채만 한 불로 변하더니 마침내 온 도시가 불타기 시작했다. 바로 그 순간 우리가 깊은 잠에 빠져 있던 한밤 내내, 지구 반대편에서 중국의 탑들과 히말라야 산맥과 아프리카 정글처럼 신비한 곳에서 사람들이 일하고 즐기는 모습을 비추어 주던 태양이 땅 위로 빼꼼이 고개를 내밀었다.

목청을 가다듬은 찰스는 다시 큰 소리로 울었다.

태양의 가장자리 부분이 보이기 시작하자 빈 아저씨의 침실 창문에 아저씨의 머리가 나타났다. 붉은 술이 달린 흰색

　　　플로리다에 간 프레디

찰스는 말뚝 위에 올라가 큰 소리로 울어 농장 식구들을 깨우기 시작했다.

수탉 찰스의 하루

수면 모자를 쓴 아저씨의 얼굴은 북슬북슬한 회색 수염에 가려져 있었다. 수염 때문에 다른 사람들은 물론 심지어 빈 아주머니까지도 진짜 아저씨의 얼굴이 어떻게 생겼는지 알 수가 없었다.

아저씨는 창문 밖을 내다보며 날씨를 살피고 있었다.

빈 아저씨가 보이자 찰스는 얼른 말뚝에서 내려왔다. 이로써 하루의 일을 모두 마친 것이다. 아직까지 밖은 추웠고 여전히 졸렸지만, 찰스는 닭장으로 돌아가지 않았다. 왜냐하면 그의 아내와 여덟 명의 처제들이 일어나 있었기 때문이었다.

"하도 꼬꼬댁거리는 통에 잠시도 쉴 수가 없어. 헛간에서 잠시 눈을 붙여야지."

찰스는 화가 나서 투덜거리며 헛간으로 갔다.

"안녕, 찰스. 오늘 아침은 겨울 같구나."

문에서 가장 가까운 마구간에 있던 늙은 흰말 한크가 인사를 건넸다. 찰스는 푸드덕 하고 날아올라 한크의 여물통 가장자리에 앉았다.

"정말이야! 겨울이 성큼 다가온 것 같아. 날씨가 꽤 춥지? 정말 쌀쌀해!"

"그래, 이젠 겨울 준비를 해야지. 한두 달만 지나면 눈도 내릴 거야."

"눈이라고? 벌써?"

찰스가 덜덜 떨면서 말하자 한크가 대답했다.

플로리다에 간 프레디

"겨울이 되면 할 일이 줄어들지만 나는 여름이 훨씬 더 좋아. 뒷다리에 관절염 증세가 있는데 추운 밤엔 더 아프거든."

"물론이지. 밤에는 정말 춥다니까! 큰일이구나. 담요처럼 덮을 만한 것이 있어야 할 텐데. 게다가 이 헛간은 외풍도 심하고 너무 낡았어. 그런데도 빈 아저씨는 우리가 얼마나 고통을 겪고 있는지 전혀 몰라. 새털 이불에다 조각 이불을 네 개나 덮고 주무시니 우리가 추위에 떠는 줄이나 아시겠어? 내 말 좀 들어 봐. 나는 여름이나 겨울이나 매일 아침 해가 뜨기 전에 일어나야 해. 그리고는 포근한 닭장에서 기어 나와 목청껏 소리를 질러 잠들어 있는 농장을 깨워야 해. 아저씨가 너무 구두쇠라서 자명종을 사지 않기 때문이지. 아주 추운 날이든 비가 오는 날이든 상관없이 매일 그래야 해. 만약 하루라도 건너뛴다면 어떻게 되는지 알아? 그날로 나는 찜닭 신세가 되지. 정말이라니까!"

"참 힘들겠다." 한크가 말했다.

"그렇다니까! 그런데 이제 조금만 있으면 겨울이야. 난 정말 겨울이 싫어! 겨울에도 나는 늘 그랬듯이 새벽에 일어나 눈 속을 걸어가야 해. 부리가 얼어 버릴 거야. 하지만 나머지 시간만이라도 따뜻하게 지낼 수 있다면 그런 것쯤은 참을 수 있을 거야. 닭장 안에 난로가 놓여 있고 양모 담요 위에서 잠을 잘 수 있다면 말야. 하지만 바닥이 돌처럼 차가우니, 정말 닭장은 반드시 지하실 위에다 지어야 해."

"맞아." 한크가 한숨을 쉬면서 맞장구를 쳤다. "정말 힘든 생활이야. 그렇다고 그것을 거부할 수도 없잖아. 도대체 우리가 무엇을 할 수 있을까?"

그때 지붕 위에서 자그마하게 재잘거리는 소리가 들려왔다. "다른 곳으로 가 버리지 그래?"

둘은 위를 올려다보았다. 그러나 지붕 위는 깜깜할 뿐 아무도 보이지 않았다. 찰스가 물었다.

"넌 누구야? 지금 무슨 말을 하고 있는 거지?"

"난 헛간 제비야." 하는 소리가 들렸다. "지금 이주에 대해 말하고 있지. 우리 새들은 매년 이주를 하거든. 너희들은 겨울이 싫다면서 왜 이주를 안 하는지 이해가 안 돼."

"아, 너는 이해 못해!" 찰스가 시무룩하게 대답했다. "그건 네 생각에 불과해. 물론 네 말에 귀를 기울이는 것도 좋지. 하지만 우리는 하잘것없는 너희 새들이 하는 것을 모두 따라 할 수는 없어."

농장에서 살고 있는 것에 대해 대단한 자부심을 가지고 있는 찰스는 야생 새들을 깔보듯이 가슴을 앞으로 쑥 내밀며 거드름을 부렸다. 그러나 제비는 짹짹거리며 웃기만 했다.

"그렇게 뻐길 필요 없어. 그래 봤자 너희들은 한 번도 뜰 밖으로 나가 보지 못했잖아. 언제나 하라는 대로 해야 하지. 안 그랬다간 찜닭 신세가 될걸. 하지만 나는 평생 수천 마일을 여행하면서 누구에게도 명령을 받지 않아."

플로리다에 간 프레디

"하지만……!" 찰스는 점점 화가 나기 시작했다. 그때 한크가 찰스의 말을 가로막았다.

"제비가 우리에게 뭔가 재미있는 이야기를 해 주려나 봐."

그러면서 한크는 제비에게 이주에 대해 설명해 달라고 정중하게 청했다. 그러자 제비는 매년 가을이 되어 날씨가 쌀쌀해지면 새들은 커다란 무리를 이루어 남쪽을 향해 떠나기 시작한다고 설명했다. 새들은 수백 마일을 날아가는데, 어떤 새들은 플로리다로, 어떤 새들은 중앙아메리카나 남아메리카를 향해 날아간다고 했다. 또 남쪽 나라에는 겨울 내내 따뜻한 햇볕이 비치고, 날씨도 포근하며, 눈은 구경조차 할 수 없고, 찬바람이 부는 날도 없으며, 먹이도 항상 풍부하다고 했다. 그러다가 봄이 되면 새들은 다시 북쪽을 향해 날아온다는 것이다.

설명을 끝낸 제비는 쩍쩍거리며 지붕에서 내려오더니 열린 문 사이를 지나 화살처럼 빠르게 햇살 속으로 사라져 버렸다.

"그 말을 믿어?"

제비가 날아간 뒤 찰스가 물었다. 제비의 이야기에 상당히 관심이 가기는 했지만, 한낱 작은 새의 이야기에 지나치게 관심을 보이는 것은 왠지 점잖지 못하다는 생각이 들었다.

"응!" 하고 한크가 대답했다. "그런 얘기는 전에도 들은 적이 있는걸. 그리고 정말 멋져 보이잖아. 하지만 내가 정말 그렇게 할 수 있을지 자신이 없어. 플로리다는 아주 먼 곳이야. 혹시라도 내가 날 수 있다면 이야기는 또 달라지겠지만."

"나도 날 수 없어. 오래는 말야. 하지만 겨울 내내 따뜻하고 마음대로 늦잠을 잘 수 있는 곳에 갈 수만 있다면 몇 마일 걷는 것쯤은 아무 일도 아니지. 그렇지만 혼자서 그 멀리까지 걸어가는 것은 너무 지루할 거야. 우리 둘서 함께 갈 애들을 모은다면 몰라도……"

"나한테 같이 갈 동물들을 모으라고 하지 마."

한크가 정색을 하고 말했다. 찰스는 여물통 위에서 뛰어내렸다.

"내가 다른 동물들을 만나 볼게. 만약 관심을 보이는 동물들이 있으면 오늘밤 만나서 의논을 해 보자."

그리고서 찰스는 마당으로 나가 버렸다.

생각하면 할수록 찰스는 가슴이 두근거렸다. 과수원으로 향하는 길에 꾀꼬리 한 마리와 지빠귀 한 쌍을 만났는데, 그들에게서 남쪽 열대 지방에 가면 편안하게 놀고먹을 수 있다는 이야기를 듣고는 더욱 부러워하게 되었다.

잠시 뒤에 찰스는 돼지와 소, 그밖의 다른 동물들을 찾아갔다. 그의 이야기에 솔깃해진 동물들은 길고 추운 겨울은 정말로 끔찍하다고 맞장구를 치더니, 따뜻하고 햇빛이 가득한 곳을 알고 있다면 자신들도 기꺼이 따라나서겠다고 말했다.

그리하여 찰스는 그들에게 그날 저녁 외양간에서 모임이 열릴 예정이며, 그곳에 오면 더 자세한 설명을 들을 수 있을 거라고 말하기에 이르렀다. 또 같이 갈 마음이 있는 동물들끼리 모여 출발 날짜를 정하기로 했다.

2
동물들의 회의

그때까지 찰스는 아내와 여덟 명의 처제들에게는 새들에게서 들은 이야기를 비밀로 했다. 또 그날 밤 열리는 동물 회의에도 초대하지 않았다.

"아내는 항상 내가 하는 일에 반대만 해. 처제들도 언니 편만 들지. 차라리 아내가 회의에 오지 않는 편이 더 나을 거야. 나중에 내가 말해 주면 되지 뭐."

찰스는 투덜거렸다. 아내 헨리에타는 열 명의 아이들을 돌보느라 항상 바빴다. 그리고 일도 하지 않으면서 문제만 일으키는 남편 찰스를 못마땅해하는 경우가 많았다.

그날 밤 찰스가 집을 나서려고 하자, 헨리에타가 어디 가느냐고 물었다. 찰스가 으스대듯 대답했다.

"사업상 회의가 있어. 내가 연설을 하기로 되어 있거든."

플로리다에 간 프레디

"흥, 꽤나 멋진 연설이겠구려!"

헨리에타가 빈정거렸다. 그러나 그녀는 아이들을 재우느라 정신이 없었고, 더 이상 잔소리를 듣고 싶지 않았던 찰스는 그 틈을 타 슬며시 집을 나왔다.

회의는 대성공이었다. 농장에 살고 있는 동물들이 거의 다 참석하는 바람에 외양간은 입구까지 발 디딜 틈 없이 꽉 찼다. 찰스는 남쪽 나라의 생활에 대해 길고 장황하게 연설했다. 그곳에 가면 하루 종일 오렌지 나무 아래 누워 수다를 떨며 놀 수 있다고 강조했다. 단체로 몰려와 맨 앞줄에 앉아 있던 돼지들이 환호성을 올리자 이어서 소들이 음매, 오리들이 꽥꽥, 개들이 멍멍 하고 맞장구를 쳤다. 심지어 들보 위에 한 줄로 앉아 있던 생쥐들까지 신이 난 듯 찍찍 울었다.

"자, 친구들." 새들에게서 들은 이야기를 모두 전한 뒤 찰스가 입을 열었다. "나는 내가 알고 있는 이야기들을 모두 들려주었습니다. 그것을 행동에 옮기는 것은 우리가 결정할 문제입니다. 나는 새들을 따라 겨울을 남쪽에서 보내려고 합니다. 물론 새들은 우리보다 훨씬 쉽게 남쪽 나라에 갈 수 있습니다. 우리들이 강을 헤엄치거나 걸어서 건너는 대신 날아서 건널 수 있으니까요. 또 우리처럼 힘들게 산을 올라가지 않아도 되지요. 나는 남쪽 나라를 찾아가는 것이 아주 쉬운 일이라고 여러분을 속일 생각은 전혀 없습니다. 하지만 내 경험으로 보건대, 가치 있는 것치고 쉽게 얻어지는 것은 하나도 없다고

회의는 대성공이었다.

플로리다에 간 프레디

생각합니다. 물론 이 밖에도 자신의 의견을 말하고 싶은 친구들이 있겠지요. 그래서 말인데, 이제부터 자유롭게 토론할 시간을 가졌으면 합니다."

말을 마친 찰스는 박수를 받으며 연설을 거행했던 낡은 마차의 마부석에서 뛰어내렸다. 그러자 잠시 동안 상당히 흥분해 있던 동물들이 한꺼번에 떠들기 시작했다. 대부분의 동물들은 길고 추운 겨울에 대해 생각조차 하기 싫어했다.

그런데 누군가 "오늘밤 당장 떠나는 것이 어때?" 하고 큰소리로 말했다. 돼지들 가운데 몸집은 제일 작지만 가장 영리한 프레디였다. 그러자 그곳에 있던 동물들이 모두 만세를 외치더니 문쪽으로 향했다. 바로 그때, 두 마리 개 가운데 덩치가 더 큰 조크가 자리에서 일어났다.

"신사 숙녀 여러분."

비록 늙었지만 영리한 스코틀랜드 산 콜리(Collie : 양치는 개)인 조크가 입을 열었다.

"여러분은 내 친구 수탉의 설명을 잘 들으셨습니다. 그리고 올 겨울 따뜻한 남쪽으로 갈 수 있다면 좋을 거라는 그의 의견에 반대하는 분은 없으리라고 봅니다.

"옳소, 옳소!" 하고며 동물들이 환호성을 질렀다.

"하지만 우리는 한 가지 중요한 점을 잊고 있는 것 같습니다. 저는 찰스처럼 훌륭한 연설가는 아니지만, 우리가 각자의 의무를 잊어서는 안 된다고 말하고 싶습니다. 우리가 한꺼번에 빈 아저씨를 떠날 수는 없어요. 만약 그랬다가는 아저씨 혼자서 아무 일도 할 수 없을 겁니다."

그때 흥분한 찰스가 그의 말을 막고 소리를 질렀다.

"빈 아저씨라고요! 왜 우리가 아저씨를 걱정해야 하죠? 아저씨가 우리를 위해서 해 준 것이 뭐가 있나요? 아저씨는 이 겨울밤에도 따뜻하게 잘 수 있습니다. 새털 이불에 난로까지 가지고 있습니다. 하지만 우리는 그런 것이 하나도 없어요. 우리들을 전혀 중요하게 생각하지 않는다고요! 왜 우리의 집을 따뜻하게 만들어 주지 않는 거지요? 왜……."

"그래, 찰스 네 말이 맞아." 조크가 나지막한 목소리로 말했다. "하지만 내 말을 조금만 더 들어 봐. 빈 아저씨는 우리에게 먹을 것과 살 곳을 마련해 주시고 우리가 아프면 돌봐 주시잖아. 그런 아저씨를 버리고 떠날 수 있겠니?"

"그래, 네 말도 일리가 있어." 찰스가 마지못해 동의했다.

"당연히 그렇지."

조크는 그렇게 말하고는 겨울 동안 빈 아저씨가 필요로 하지 않는 동물들은 원한다면 남쪽으로 갈 수 있지만, 그렇지 않은 동물들은 농장에 남아 있어야 한다고 주장했다.

"나는 갈 수 없어. 그리고 말들 가운데 한 마리는 남아서 빈 아저씨가 마을에 갈 때 아저씨를 태워 주어야 해. 그리고 아저씨가 달걀과 우유를 먹을 수 있게 소 한 마리와 암탉도 몇 마리 남아야지. 내가 하고 싶은 말은 이게 전부야."

플로리다에 간 프레디

조크는 인사를 하고 자리에 앉았다.

그 뒤로 한참 동안 의견이 분분했다. 거의 모든 동물들이 남쪽으로 가기를 원했기 때문에 조크를 뺀 나머지 동물들은 자신이 농장에 필요하다는 사실을 인정하지 않았다.

동물들의 목소리가 점점 커지더니 마침내는 서로 심하게 화를 내기 시작했다. 이러다가는 어떤 결론을 내리지 못하고 끝이 날 것만 같았다. 바로 그때 귀청이 떨어질 듯 "야옹!" 하는 울음소리와 함께 고양이 징크스가 뛰어들어왔다.

잠시 침묵이 흘렀다. 서까래 위에 앉아 있던 생쥐들이 겁에 질린 듯 찍찍 울어 댔다. 생쥐 한 마리가 살금살금 걸어가서 가까이 있는 구멍 안으로 숨자 다른 생쥐들도 얼른 자리에서 일어섰다.

"안녕, 친구들." 징크스가 씩씩한 목소리로 인사를 건넸다. "무슨 일이야? 내가 저 아래 저수지에서 개구리를 잡고 있었는데, 너희들의 떠드는 소리가 거기까지 들렸어. 좀 조용히 해야 할걸. 안 그랬다간 빈 아저씨가 권총을 들고 이리로 달려오실 거야. 그건 그렇고, 무슨 일이야?"

동물들이 자초지종을 설명하자 징크스가 말했다.

"아주 좋은 생각이야! 정말 멋져! 찰스, 너 이 녀석, 아주 근사한 생각을 해냈구나! 네가 그런 생각을 하다니 전혀 뜻밖인데. 하지만 내 얘길 잘 들어 봐. 누가 떠나고 누가 남을 것인가 하는 문제에 대해 싸울 필요가 없어. 그 대신 제비뽑기를 하자. 암소의 경우 한 마리만 떠날 수 있는데, 여기에는 위긴스 아줌마, 부르츠버거 아줌마, 그리고 보구스 아줌마, 이렇게 세 분이 계시잖아. 그러면 조크가 입에 지푸라기를 세 개 물고 있는 거야. 한 개는 길고 두 개는 짧은 걸로 말야. 그런 다음 하나씩 뽑게 해서, 긴 지푸라기를 뽑은 소가 떠나기로 하는 거지."

조크가 지푸라기를 준비해 오자 암소들이 제비뽑기를 했는데, 위긴스 아줌마가 뽑혔다.

징크스가 말했다.

"어때, 아주 공정하지? 자, 다음은 말들 차례야. 자, 다들 일어서. 서두르지 않으면 늦겠다."

고양이가 나서기 시작한 다음부터 회의는 더욱 체계적으로 진행되었다. 곧 겨울 동안 빈 아저씨 옆에 없어도 될 동물들의 출발 준비가 서둘러 끝이 났다. 마침내 모든 것이 결정되자 찰스는 다시 연설을 하기 위해 자리에서 일어섰다. 특별히 할 말이 있는 것은 아니었지만 찰스는 워낙 연설을 좋아했다. 또한 그가 너무도 멋지게 연설을 잘했기 때문에 모두들 그의 연설을 듣고 싶어했다. 물론 집에 돌아가서까지 그의 연설을 기억하고 있는 동물들은 하나도 없었지만.

"친구들," 하고 그가 입을 열었다. "역사에 남을 만한 이 회의를 마치기 전에 여러분들이 이 한 가지만은 마음속에 깊이 새기고 돌아가라고 당부하고 싶습니다. 그것은 바로 오늘밤

플로리다에 간 프레디

이곳에 모인 우리 모두가 서로에 대한 배려와 우정을 기념하는 것이기도 합니다. 오늘밤 이처럼 희망에 부푼 젊은 얼굴들이 한지붕 아래 모여 있다는 사실에서 저는 이런 생각을 했습니다……."

그런데 바로 그때 찰스가 연설을 멈추고 허둥지둥 마차에서 내려왔다. 아내 헨리에타가 문으로 들어온 것이다.

숨을 죽이고 있는 동물들 사이를 지나 곧장 찰스를 향해 걸어간 헨리에타는 남편의 날개를 붙잡았다.

"'희망에 부푼 젊은 얼굴들'이라고 그랬지?" 그녀는 화가 나서 소리쳤다. "내가 희망에 부푼 젊은 얼굴을 보여 주지!"

말이 떨어지기가 무섭게 그녀는 찰스의 오른쪽 귀를 때렸다. "집에 돌아가도 결코 잊을 수 없는 것을 주지!" 그런 다음 이번에는 다른쪽 귀를 때렸다. "그런 귀신 헛소리는 생전 처음 듣는다!"

"하지만, 여보……."

찰스가 양어깨 사이로 머리를 처박은 채 대꾸했다.

"나를 여보라고 부르지도 마!" 그녀가 소리쳤다. "당장 집으로 가. 오늘 밤에는 외출 금지야! 조금도 나을 것이 없는 멍청한 돼지와 소들과 함께 모여서 낄낄거리고 있다니! 생각하는 것하고는!"

그런 다음 그녀는 문 쪽으로 그를 확 밀쳤다.

그런데 찰스와 그의 부인이 헛간을 나서기 전에, 작은 키에 수염을 기른 빈 아저씨가 문 안으로 들어왔다. 시끄러운 소리에 잠에서 깬 아저씨는 긴 흰색 잠옷에 실내용 슬리퍼를 신은 채 무슨 일인지 알아보기 위해 밖으로 나온 것이다. 아저씨는 한 손에는 랜턴을, 다른 한 손에는 마차용 채찍을 들고 있었으며, 머리에는 붉은 술이 달린 흰색 수면 모자를 쓰고 있었다.

"이놈들, 당장 자러 가!"

아저씨는 퉁명스럽게 고함을 지르고는 터벅터벅 다시 집으로 향했다.

잠시 후 동물들은 모두 돌아갔고, 그곳에서 살고 있는 위긴스, 부르츠버거, 그리고 보구스만이 텅 빈 헛간에 남게 되었다.

플로리다에 간 프레디

3
가자, 플로리다로

다음 날 아침 빈 아저씨가 집을 나서자, 난로 밑에서 잠을 자는 척하던 고양이 징크스는 책상 위로 뛰어 올라가서 연필과 종이를 집어들었다. 잠시 후 밖으로 나온 징크스는 헛간 옆에 있는 커다란 느릅나무 아래에 연필과 종이를 내려놓았다. 고개를 들어 나무를 살피던 징크스는 곧 나뭇가지 뒤에서 작고 반짝이는 눈이 자신을 내려다보고 있는 것을 발견했다.

"안녕? 개똥지빠귀야." 징크스는 정중히 인사를 건넸다. "나를 좀 도와줄 수 있니? 우리 동물들이 이번 가을에 이주를 하려고 하거든. 그런데 남쪽에 가 본 친구가 아무도 없기 때문에 길을 몰라. 그래서 말인데, 네가 남쪽으로 가는 길을 알려 주는 지도를 좀 그려 줬으면 해."

개똥지빠귀는 나뭇가지를 따라 깡충깡충 뛰더니 머리를 곧

추세운 뒤 오른쪽 눈으로 징크스를 내려다보았다.

"네가 왜 그런 생각을 하게 되었는지 모르겠어. 왜 내가 너를 위해 그렇게 해야 하는 건데? 너는 항상 나를 잡아먹으려고 쫓아다녔잖아. 네가 뜰에 나타나면 우리 가족들은 잠시도 마음을 놓을 수 없단 말야. 게다가 작년 6월에는 내 아내의 사촌 동생까지 잡아먹었잖아. 그런 것들을 모두 잊어버렸나 보지?"

"그럴 리가 있나." 징크스가 변명했다. "그것은 정말 유감스러운 사고였어. 그 개똥지빠귀가 네 아내의 친척인 것을 나는 전혀 몰랐어. 그 새가 네 둥지 근처에서 서성거리고 있는 것을 보고 나는 네 새끼들을 훔치려는 줄 알았지. 물론 그 당시 물어보지 않은 것은 내 잘못이지만. 내가 실수를 저질렀다는 사실을 깨달았을 땐 정말이지 그를 다시 살릴 수만 있다면 무슨 일이라도 하고 싶은 심정이었어. 하지만 그땐 이미 너무 늦었지."

"물론 늦었고말고." 개똥지빠귀가 냉담하게 말했다. "꼬리 털 몇 개 외에는 아무것도 남은 게 없었으니까."

"자, 오래된 상처를 들추는 일은 이제 그만 하자." 징크스가 말했다. "과거는 과거라는 말이 있잖아. 그리고 이번에 지도를 그려 주면 다시는 너나 너의 가족을 못 살게 하는 일은 없을 거라고 약속할게."

"글쎄, 그 정도면 충분하겠는걸."

플로리다에 간 프레디

개똥지빠귀는 나무 아래로 내려와 연필을 집어들고는 플로리다로 가는 길을 자세히 그리기 시작했다.

한편 이주를 하기로 한 동물들은 모두 짐을 싼 뒤 농장에 남아 있기로 한 다른 동물들을 찾아다니며 작별 인사를 했다. 전날 밤, 빈 아저씨가 다음 날 아침 마차를 타고 마을로 갈 거라고 말하는 소리를 들었기 때문에, 그때가 농장을 떠날 가장 좋은 시기였다. 아저씨는 오후 늦게서야 농장으로 돌아올 것이고, 그때쯤이면 동물들은 이미 농장에서 몇 마일 떨어진 곳을 지나고 있을 것이기 때문이었다.

헛간 안뜰에 있던 동물들은 거의 모두 들떠 있었지만, 수탉 찰스만은 그렇지 못했다. 그는 꼬리털을 비참할 정도로 축 늘어뜨린 채 닭장 구석에 혼자 앉아 있었다. 아내 헨리에타가 떠나는 것을 결사적으로 반대했기 때문이었다.

"당신은 겨울에 남쪽으로 가려고 하죠?" 그녀가 먼저 말을 꺼냈다. "나 원 참, 그게 무슨 어처구니없는 얘기예요! 돌봐야 할 아내와 자식까지 있는데 다른 곳으로 떠난다니, 그게 말이나 돼요? 뭐, 그렇다고 당신이 아이들을 잘 돌보았기 때문에 그런 것은 아니에요. 그렇지만 당신이 떠나면 누가 아침에 빈 아저씨를 깨운단 말예요? 어디 말 좀 해 봐요."

"아저씨는 혼자서도 일어날 수 있어." 찰스가 대꾸했다. "그리고 겨울에는 그렇게 일찍 일어나지 않아도 된다고."

"어쨌든, 당신은 갈 수 없어요. 더 이상 그 이야기는 꺼내지 말아요!"

헨리에타의 말과 함께 그 일은 그렇게 결정이 났다. 그처럼 헨리에타가 일단 반대를 하면, 찰스는 더 이상 아무 말도 꺼 낼 수가 없었다.

몇몇 동물들은 고양이가 농장에 남아서 쥐들이 곡식과 야 채가 저장되어 있는 헛간에 들어가지 못하도록 지켜야 한다 고 생각했다. 그러나 쥐들도 따라나서는 바람에 이 문제는 쉽 게 해결이 되었다. 그래서 징크스는 자신이 없는 동안 쥐들이 헛간에 들어가지 않는다면 자신도 함께 떠나는 쥐들을 괴롭 히지 않겠다고 약속했다. 이 말을 들은 동물들은 모두 기뻐했 다. 왜냐하면 비록 징크스가 거칠고 아무 때나 불쑥 나타나며 말을 함부로 하기는 하지만, 위급할 때는 매우 필요한 동물이 라고 생각했기 때문이었다. 사실 플로리다로 가는 동안 어떤 어려움이 닥칠지 아무도 알 수 없는 일이었다.

겁이 많은 몇몇 동물들은 헛간에서 회의가 열릴 당시에는 흥분한 나머지 제정신이 아니었지만, 시간이 지나 곰곰이 생 각하게 되자 이주를 하고 싶은 생각이 줄어들었다. 결국 양들 과 쥐가 모두 이 계획에서 빠지게 되었고, 프레디를 제외한 돼지들 역시 포기했다. 돼지들은 무서움이 많아서가 아니라 지나치게 게으른 것이 문제가 되었다. 그들은 하루에 사십 킬 로미터 이상을 걸어야 한다는 게 부담스러웠고, 또 그렇게 며 칠 얼마 동안을 걸어야 할지는 오직 신만이 아는 일이었다.

마침내 최후의 날이 되었다. 아침 일찍 빈 아저씨가 윌리엄이 끄는 마차를 타고 마을을 향해 출발하자 농장의 모든 동물들이 안뜰에 모였다. 불쌍한 찰스는 닭장 창문을 통해 길 떠나는 동물들을 지켜보았다. 동물들은 하나같이 즐거운 표정이었다. 작별 인사를 하기 위해 프레디를 찾아온 돼지들은 기억할 수 없을 정도로 많은 충고를 늘어놓았다. 흰색 털을 가진 늙은 말 한크는 언제 다시 맛있는 귀리를 먹을지 모른다는 불안한 마음에 계속 헛간을 드나들면서 한입 가득 귀리를 집어 삼켰다. 흰색 오리 앨리스와 엠마는 새봄이 올 때까지 다시는 볼 수 없게 될 낯익은 오리 연못을 보기 위해 목장 반대편으로 뒤뚱거리며 걸어갔다. 그 모습을 지켜보던 찰스는 슬퍼졌다.

"찰스, 우리도 밖으로 나가서 작별 인사를 할까요?"

헨리에타가 물었다. 원래 마음이 따뜻한 헨리에타는 남편이 슬퍼하는 모습을 지켜보기가 힘들었다. 그녀의 마음 깊은 곳에는 남편에 대한 애정이 남아 있었지만, 찰스가 너무도 무심하고 잘 잊어버리는 성격이었기 때문에 어쩔 수 없이 찰스의 계획에 반대를 해야 할 때가 있었다.

"싫어." 찰스가 힘없이 대답했다. "난 그냥 여기 있을래. 다른 동물들은 나를 까맣게 잊고 있을 거야. 같이 갈 수도 없는데 나한테 신경이나 쓰겠어? 제일 먼저 이주 이야기를 꺼낸 사람이 나라는 사실조차 기억하지 못할걸. 그러니까 그냥 가

게 내버려둬. 무심한 놈들 같으니라고! 그런데 뭐하러 내가 신경을 써?'

"그만해요!" 헨리에타가 찰스를 나무랐다. "당장 밖으로 나가요."

결국 찰스는 깃털을 곤두세우고 머리를 꼿꼿이 세운 다음 마당으로 힘차게 걸어나갔다.

작별 인사를 마친 동물들은 출발을 위한 준비를 모두 끝낸 상태였다. 기침 소리 하나 나지 않는 조용한 헛간 안뜰에서 동물들은 한 줄로 나란히 서서 행진을 시작했다.

마치 길고 하얀 리본을 펼쳐 놓은 듯 길은 저 멀리 플로리다를 향해 뻗어 있었다. 제일 먼저 징크스가 꼬리를 곤추세우고 앞장을 섰는데, 그 모습이 마치 군악 대장의 지휘봉처럼 보였다. 돼지 프레디와 조크의 남동생인 로버트가 그 뒤를 따랐고, 계속해서 한크와 위긴스 아줌마의 모습이 보였다. 흰색 오리인 앨리스와 엠마 자매에서 줄은 끊어져 있었다. 생쥐인 어크와 퀵, 이니 그리고 사촌인 아우구스투스는 밟히지 않기 위해 길 가장자리를 따라 달리고 있었다.

"잘 가! 안녕! 꼭 편지 써! 잘 지내고 플로리다에 가도 우리를 잊지 마!"

농장에 남아 있는 동물들이 문가에 모여서 앞발과 발굽을 흔들며 소리를 질렀다. 머리 위에선 한 무리의 제비가 날아가더니 능숙한 날갯짓으로 선회를 했다.

플로리다에 간 프레디

"안녕!" 제비들이 재재거렸다. "한 이주일 뒤에 만나자. 우리는 열흘 더 있다가 남쪽으로 출발할 거야."

찰스는 문의 기둥 위에 서서 동물들의 행렬이 길 아래쪽을 향해 행진하는 것을 지켜보았다. 동물들의 모습이 점점 작아지더니 언덕을 넘어갔고, 다시 텅 빈 흰 길만 눈에 들어왔다. 또 다시 그의 깃털은 축 늘어졌다. 머리를 가슴에 박은 채 문 기둥에 서 있던 찰스는 눈물이 왈칵 쏟아지는 것을 참을 수가 없었다. 마침 농장에 남은 동물들이 각자의 일을 하기 위해 모두 떠난 뒤였기 때문에 찰스는 아무에게도 자신의 우는 모습을 들키지 않게 된 것이 다행이라고 생각했다.

그러나 그것은 그의 추측에 불과했다. 헨리에타가 닭장 창문을 통해 남편의 그런 모습을 지켜보고 있었다.

4
검은 콧수염의 남자

그렇게 해서 동물들은 넓은 세계로 발을 들여놓게 되었다. 비록 나무들이 앙상해진 늦가을이었지만 태양은 여전히 밝게 빛나고 있었고, 공기는 따뜻하면서도 시원했다.

동물들은 한동안 아무 말도 하지 않은 채 걷기만 했다. 방금 떠나 온 편안한 집과 다정한 친구들 생각이 간절해진 그들은 다소 우울해 보이기까지 했다. 그러나 길을 따라 걷다 보니 동물들을 웃으면서 맞아 주는 계곡이 너무나도 멋져 우울한 마음은 오래 가지 않았다. 그리고 곧 똑똑한 프레디는 즉석에서 노래를 지어 부르기까지 했다.

오, 선원은 크고 빠른 배에 대해 노래하겠지.
깊고 푸른 바다에서의 항해를 노래하네.

플로리다에 간 프레디

그러나 저 흰 길 넘어 우리를 기다리고 있을 모험이
우리에게는 더 멋지게 보이네.

해가 지는 저 넓은 길 위에
그대가 있는 곳이라면 그곳이 바로 너의 집이지.
하늘은 지붕이고 땅은 침대가 되네.
그리고 모자는 별에 걸어 두지.

맑고 차가운 아침 이슬에 얼굴을 씻고,
달에게 잘 자라고 인사를 건네네,
나무 꼭대기에 부는 바람 소리는
나뭇가지들이 들려주는 달콤한 자장가라네.

정말 멋있어! 방랑 생활의 기쁨을 위해,
플로리다에서 롬까지
어디에도 나의 집은 없다네.
내가 있는 곳이 바로 나의 집이지.

이 밖에도 프레디는 다 기록할 수 없을 정도로 멋진 노래를
많이 불렀다. 프레디는 여행 내내 계속 노래를 불렀는데, 한
구절이 끝날 때마다 동물들이 다음과 같이 합창을 했다.

오, 구불구불한 길은 멀고도 머네.

하지만 우리는 끄떡도 하지 않아.

룰루랄라 걸을 때마다 우리를 즐겁게 해 주는 노래,

구불구불 길 따라 우리는 노래를 부르네.

씩씩하게 즐겁고 자유로워라.

프레디의 노래는 자신들 앞에 놓여 있는 모험과 즐거운 생활에 대한 기대로 한껏 부푼 동물들의 합창으로 변하기 시작했다. 동물들은 온 동네가 떠나갈 정도로 노래를 불렀다. 심지어는 생쥐들까지도 작은 목소리로 찍찍거리며 따라 했다. 한편 다리가 너무 짧은 생쥐들이 슬슬 피곤해지기 시작하자 위긴스 아줌마가 그들을 등에 태워 주었다. 아줌마의 등은 아주 넓었기 때문에 떨어질 염려는 전혀 없었다. 생쥐들은 마치 기차에서 창문을 내다보듯 암소의 등에 편히 앉아 멋진 풍경과 모든 사물들을 감상할 수 있었다.

동물들은 아침 나절 내내 한 번도 쉬지 않았다. 때때로 자동차나 농장의 마차가 지나갈 수 있도록 길을 비켜 주었는데, 그럴 때마다 사람들은 놀란 듯 그들에게서 시선을 떼지 못했다. "세상에, 저 동물들 좀 봐!"라고 소리를 지르기도 했고, "평생 저런 걸 본 적이 있어?" 하고 수근거리기도 했다. 동물들이 지나간 다음에도 사람들은 자동차나 말을 세우고 그들이 더 이상 보이지 않을 때까지 계속 지켜보았다.

정오 무렵, 동물들은 가파른 언덕을 올라가고 있었다. 언덕 꼭대기에 다다르자 넓은 계곡이 그들을 맞아주었는데, 그 계곡 너머에는 더 많은 언덕들이 동물들을 기다리고 있었다.

"이곳은 통 모르겠는걸." 흰 털을 가진 늙은 말 한크가 말했다. "빈 아저씨와 이곳까지는 와 본 적이 있는데 저쪽 아래 계곡은 가 보지 못했어. 지도를 한번 보는 것이 좋겠다."

"언덕을 반쯤 내려가면 길을 가로질러 흐르는 시내를 만나게 돼." 로버트가 말했다. "그곳까지 가 보자."

그래서 동물들은 언덕을 내려와 시냇가에 자리를 잡고 앉았다. 덩치가 큰 동물들은 물속에 들어가 서로 물장구를 치며 웃고 떠들었고, 오리 자매인 앨리스와 엠마는 한껏 폼을 잡고 수영을 했다. 다만 고양이 징크스만이 강둑에 앉아 개똥지빠귀가 그려 준 지도를 보면서 제대로 길을 찾아가고 있는지 확인했다.

물놀이에 흥미를 잃은 동물들이 강둑에 올라와 쉬는 동안, 징크스가 지도를 보여 주며 설명을 했다.

"우리는 저 계곡을 지나 언덕들을 넘어야 해. 그런 다음 또 다른 계곡과 더 많은 언덕을 넘으면 강이 나와. 그 강을 따라가면 마을에 도착하게 되는데, 그곳에는 다리가 하나 있어. 우리는 그 다리를 건너야 해."

"하지만 마을 사람들이 우리가 다리를 건너게 해 줄까?" 어크가 물었다. 어크를 비롯한 생쥐들 네 마리가 고양이와 나란

"우리는 저 계곡을 지나 언덕들을 넘어야 해."

플로리다에 간 프레디

히 앉아 있는 모습이 낯설었지만, 이미 징크스가 생쥐들을 괴롭히지 않겠다고 약속했기 때문에 겁낼 이유가 없었다. 고양이는 원래 약속을 잘 하지 않지만, 일단 약속을 하면 끝까지 잘 지킨다. 따라서 징크스의 약속은 충분히 믿어도 되었다.

"빈 아줌마가 빈 아저씨한테 하는 말을 들었는데," 하고 징크스가 입을 열었다. "너무 미리 걱정하는 것은 좋지 않대. 그러니까 지금 이 문제에 대해서 더 이상 이야기를 하지 않는 것이 좋겠어. 그건 그렇고, 우리 이제 출발해 볼까?"

그리하여 동물들은 자리에서 일어나 언덕을 내려가기 시작했다. 언덕을 반쯤 내려왔을 때 첫 번째 사건이 발생했다.

저만치서 낡은 자동차 한 대가 덜거덕거리며 달려오고 있었다. 동물들은 자동차 소리가 들리자 옆으로 비켜서서 길을 내 주었다. 그런데 자동차 안에서 검은색 콧수염을 기른 남자가 동물들을 발견하고는 깜짝 놀라 쳐다보았다.

"야, 아들, 잠깐 차 좀 세워 봐." 남자는 옆에서 운전을 하고 있는 소년에게 말했다. "저 동물들 좀 봐라. 정말 이런 장관은 처음인데!"

세수도 하지 않은 지저분한 얼굴로 운전을 하던 소년이 자동차를 세우더니 남자와 함께 뒤쪽을 뚫어져라 쳐다보았다.

"동물들만 있나 봐요. 누구네 가축들일까요?"

"그걸 내가 알겠냐?" 남자는 퉁명스럽게 대답하면서 차에서 내렸다.

"우선 우리 집으로 끌고 가야겠다. 만약 주인이 나타나면 동물들을 찾아 준 사례를 달라고 하면 될 것이고, 그렇지 않으면 우리가 키우면 되지. 저 암소는 젖소 같은데. 말은 뭐 특별히 칭찬할 게 없지. 버릇이 없는 놈이거든!"

이 말을 들은 한크는 크게 콧방귀를 뀌었다. 자존심이 강하지는 않았지만, 말쑥한 외모에 대해 나름대로 자부심을 가지고 있던 한크로서는 남자의 말에 모욕감을 느꼈다. 실제로도 남자는 말을 무시하고 있었다.

"통통한 돼지도 있어요." 소년이 말했다. "아빠, 우리 돼지 구이 먹은 지 한참 됐죠?"

"오리 구이도 마찬가지지." 남자는 검은색 콧수염을 혀로 핥으면서 탐이 난다는 듯이 앨리스와 엠마를 바라보았다. "내가 줄로 소를 묶을게. 너는 돌을 던져서 개를 멀리 쫓아라."

남자는 차 안에서 줄을 꺼냈다. 이 광경을 본 동물들은 어떻게 해야 할지 몰라 우왕좌왕했다.

"난 저 사람들이 너무 싫어." 위긴스 아줌마가 단호하게 말했다. "로버트, 너랑 징크스는 저 더러운 얼굴을 한 아이가 돌을 집어들지 못하게 멀리 쫓아 버려. 절대 아이를 다치게 해서는 안 돼. 그냥 겁만 주라고. 저 남자는 내가 맡을게."

이렇게 지시를 한 다음 위긴스 아줌마는 고개를 숙여 뿔을 내리더니 남자를 향해 힘차게 달려갔다.

플로리다에 간 프레디

원래 유순하고 평화로운 동물인 암소가 그렇게 무서운 모습으로 달려오는 것을 보고 남자는 깜짝 놀랐다. 남자는 얼른 차 뒤로 몸을 피하려고 했지만, 결국 위긴스 부인의 뿔에 받혀 공중에 집어던져졌다. 남자가 붕 하고 날아가는 사이 위긴스 아줌마는 이마로 자동차의 뒷부분을 밀어 남자가 자동차 위에 떨어질 수 있게 준비를 해 두었다. 곧 남자는 쿵 하는 소리와 함께 자동차 위로 떨어졌다가 고무공처럼 다시 한두 번 더 튕겨져 올랐다. 남자는 다친 곳이 없었지만 겁에 질렸다. 위긴스 아줌마가 자동차 주위를 걸어다니면서 뿔을 이리저리 흔들며 음매 하고 울어 대자 자동차 위에 누운 채 꼼짝도 하지 않았다. 아줌마는 실제로는 웃고 있었지만 남자는 그 사실을 눈치채지 못했다.

그러는 사이 개와 고양이는 소년을 들판 멀리까지 쫓아 버렸다. 사실 남자보다는 소년이 더 겁을 먹었다. 동물들이 쫓아가기를 멈춘 뒤에도 소년은 계속 달렸다. 소년의 모습은 보이지 않는데도 겁에 질린 비명 소리는 한참 동안 들려 왔다.

"자! 이제 골칫거리를 해결했군!"

위긴스 아줌마는 길 위에 주저앉더니 눈물이 날 때까지 큰 소리로 웃었다. 그것이 웃음인 줄을 모르는 검은색 콧수염의 남자는 무서움에 떨었다.

잠시 뒤에 동물들은 그곳을 출발했다. 약 1킬로미터 정도 갔을 때 뒤를 돌아보니, 남자가 그제서야 천천히 자동차 지붕에서 내려와 차 안으로 들어가는 것이 보였다. 남자는 동물들을 쫓아오지는 않았다. 차를 돌려 고개 위쪽을 향해 차를 출발시키고는 다른 길로 가 버렸다.

위긴스 아줌마는 괴짜였다. 괴짜란 어떤 일을 할 때 보통 사람과 조금 다른 방식으로 하는 사람을 말한다. 그리고 아줌마는 다른 사람들이라면 상상도 못하는 일들을 많이 저지른다. 조금 전 남자를 혼내 준 것처럼 장난도 매우 좋아했다.

소 헛간 지붕 위에 웹이라는 거미 부부가 살고 있었다. 물론 웹 부부는 동물들이 회의를 열던 날 회의에서 어떤 일들이 논의되었는지 전부 들어서 알고 있었다. 다음 날 아침 웹 아줌마가 긴 거미줄을 타고 내려오더니 위긴스 아줌마 코 위에 앉았다. 처음에 위긴스 아줌마는 너무 간지러운 나머지 머리를 흔들면서 저리 가라고 했다. 하지만 웹 아줌마는 위긴스 아줌마 귀 근처까지 기어올라가더니 "뭐 좀 물어볼 게 있어요." 하고 말했다.

이 말을 들은 위긴스 아줌마는 기분이 좋아져서 어디 말해 보라고 했다. 왜냐하면 소에게 어떤 일을 의논하는 동물은 거의 없었기 때문이다. 그런데 거미는 목소리가 너무 작았기 때문에 사람들보다 귀가 밝은 동물들조차 거미의 말을 알아듣기 위해서는 귀를 바싹 갖다 대야 했다. 웹 아줌마는 위긴스 아줌마의 귀 쪽으로 더 바싹 기어가서 물었다.

"위긴스 아줌마, 남편이랑 의논을 해 보았는데, 우리도 동물들을 따라 같이 떠났으면 좋겠어요. 겨울에는 이곳이 너무 춥고 파리도 거의 없어서 우리는 대부분의 시간을 잠을 자야 하거든요. 우리가 잘 해낼 수 있을 것 같아요?"

위긴스 아줌마는 곰곰이 생각을 하더니 대답했다. "당신 부부가 여름 내내 소 외양간을 돌아다니는 파리들을 깨끗이 잡아 주었으니 이번에는 내가 보답을 하고 싶군요. 나는 괜찮으니까 내 등에 올라타고 같이 떠납시다. 그런데 파리를 배불리 잡아먹을 수 있을지 그게 걱정이군요."

"그게 좀 문제예요." 하고 거미가 대답했다. "낮에는 하루 종일 움직여야 할 텐데. 밤에 야영을 하는 사이에 거미줄을 친다고 해도 다음 날 아침까지 파리가 한 마리도 잡히지 않는다면 우리는 굶어 죽고 말 거예요."

깊은 생각에 잠겨 있던 위긴스 아줌마가 "그래, 그러면 돼!" 하고 소리쳤다. "내 두 뿔 사이에 거미줄을 치면 어떨까요? 그러면 낮에도 계속 거미줄이 쳐져 있을 테니 파리도 많이 잡을 수 있을 거예요."

그 말을 들은 웹 부인은 너무도 기쁜 나머지 아줌마가 간지러워하는 것도 생각지 못하고 덩실덩실 춤을 추었다. 그런 다음 남편이 있는 곳을 향해 재빨리 거미줄을 타고 올라갔다. 그리하여 거미 부부도 플로리다로 떠나는 여행단에 참가하게 되었던 것이다. 위긴스 아줌마는 늘 이런 식이었다.

동물의 무리는 언덕을 내려가 두 번째 계곡을 건넜다. 차를 타거나 걸어가는 사람들을 몇 차례 만나기는 했지만, 그들은 그저 동물들을 쳐다볼 뿐 길을 방해하지는 않았다. 약 네 시가 되자, 피곤해진 앨리스와 엠마가 한크의 등에 올라타더니 시끄럽게 울어 대기 시작했다.

"저기 위에 뿌연 먼지 사이로 아주 재미있는 것이 달려오고 있어." 오리들이 말했다.

"아마 자동차겠지." 한크가 대답했다.

"자동차치고는 너무 작은데." 앨리스가 말했다.

"그러면 사람이겠지." 위긴스 아줌마가 끼어들었다.

"사람치고는 너무 작은데요. 그리고 굉장히 빨라요." 엠마가 소리쳤다.

결국 동물들은 발길을 멈추고 뒤를 돌아보았다. 길 저편에서 작은 먼지 구름이 굉장히 빠른 속도로 다가오고 있었는데, 도대체 그것이 무엇인지 도무지 추측할 수가 없었다. 바로 그때 바람이 훅 하고 불더니 한순간에 먼지 구름이 걷혔고, 그것을 본 동물들은 일제히 환호성을 질렀다. 다름 아닌 찰스와 헨리에타가 나타난 것이다. 더욱이 암탉 헨리에타는 직접 그 광경을 목격하지 않은 사람들은 도저히 믿을 수 없을 만큼 빠르게 그들을 향해 달려오고 있었다.

몇 분 뒤, 닭 부부는 동물들이 기다리고 있는 곳에 도착했다. 시끌벅적 기쁨의 인사를 주고받으며 커다란 웃음소리가 메아리쳤는데, 숨이 턱까지 차도록 달려온 닭 부부는 한동안 아무 말도 할 수 없었다.

헨리에타가 먼저 날개를 파닥이며 큰 소리로 말했다.

"아휴! 숨막혀 죽는 줄 알았네! 우리도 따라가기로 했어. 오늘 아침에 여러분이 모두 떠나자 찰스가 너무 우울해했거든. 그래서 내가 여동생들에게 아침마다 찰스를 대신해 주인 아저씨를 깨우도록 했지. 다들 알겠지만 여동생들이 여덟 명이나 되잖아. 하루에 한 명씩 하면 일주일이 해결되고, 나머지 한 명은 아이들은 돌보거나 아니면 아픈 애를 도와줄 수 있으니까."

"하지만 동생들이 큰 소리로 울 수 있어?"

프레디가 묻자 헨리에타가 되물었다.

"울 수 있냐고? 물론이지! 암탉도 마음만 먹으면 부화한 수탉보다 더 잘 울 수 있어."

"그런데 전에는 왜 한 번도 안 했지?" 징크스가 물었다.

"세상에, 그렇게 멍청한 질문이 어딨어? 만약 암탉들이 울기 시작했다면 수탉들은 오전 내내 일어날 생각조차 하지 않았을 거 아냐. 지금도 수탉들은 하는 일이 거의 없어. 하지만 최소한 아침 일찍 밖으로 나가 줘야 아내들이 일을 할 수 있잖아. 흥! 정말 울기나 했으니 망정이지. 안 그랬다간 꼼짝도 하지 않았을걸!"

동물들은 찰스와 헨리에타가 와 주어서 너무도 기뻤다.

다시 길을 떠난 동물들은 길가에 세워져 있는 커다란 떡갈

나무 아래에서 그날 밤을 보내기로 했다. 자리를 잡고 앉은 동물들은 한동안 이런저런 이야기를 주고받으며 수다를 떨거나 미래를 위한 계획을 세우기도 했다. 그러나 모두들 너무나 지쳐 있었기 때문에 하나 둘씩 곯아떨어졌다. 찰스는 졸린 눈으로 별이 초롱초롱 빛나는 하늘을 올려다보았다. 저 멀리 동물들이 지나 온 길이 희뿌옇게 가물거렸다.

"정말 멋진 겨울이 우리를 기다리고 있을 거야." 그는 졸린 듯 중얼거렸다. "오늘은 어른이 된 뒤 처음으로 아침에 일어날 일을 걱정하지 않아도 되는군."

아, 구불구불 돌아가는 길은 길지만
나에게는 전혀 길게 느껴지지 않는다.
한 발자국 한 발자국 내디딜 때마다…… 노래를 부르리……
한 발자국마다 노래를……"

목소리가 점점 잦아들더니 마침내 찰스 역시 깊은 잠에 곯아 떨어졌다.

플로리다에 간 프레디

5
물에 빠진 위긴스 아줌마

　다음 날 새벽이 되자 찰스는 제일 먼저 잠에서 깼다. 그는 양날개를 쭉 펴서 몇 차례 퍼덕거리고는 자기도 모르게 큰 소리로 울어 댔다.

　찰스는 떡갈나무 가지 위에 앉아 있었는데, 바로 아래에서는 한크가 선 채로 잠을 자고 있었다. 말은 다리가 네 개이기 때문에 누워서뿐만 아니라 서서도 잠을 잘 수 있었다. 한크는 이슬에 젖은 잔디 위에 누워 자면 관절염에 좋지 않을 거라는 생각에 서서 자기로 했던 것이다.

　찰스의 울음소리에 한크가 눈을 떴다.

　"제기랄! 깜짝 놀랐잖아! 오늘 아침에는 울지 않을 줄 알았는데. 너도 아침 열 시까지 잔다고 했잖아."

　찰스는 난처한 표정을 지었다.

"아마 아침에 일찍 일어나는 게 습관이 되었나 봐. 그래서 아무 생각 없이 그냥 울어 버렸어.".

"그렇다면 왜 그렇게 불평을 했던 거야? 너도 모르게 저절로 그런 행동을 했다면 그건 마치 숨을 쉬는 것과 마찬가지잖아. 어느 누구도 숨을 쉬는 것에 대해서는 불평을 하지 않아."

"정말 맹세코 나도 모르게 그렇게 되었다니까!"

찰스가 주장했다.

"그렇다면 넌 너무도 오랫동안 그 문제에 대해서 불평을 해 와서 너도 모르는 사이에 그렇게 했는지 몰라."

찰스도 이해가 잘 안 되는지 잠시 동안 곰곰이 생각에 잠겼다. 잠시 뒤에 찰스가 다시 입을 열었다.

"네 말이 맞아, 한크. 나도 이제야 비로소 깨닫게 되었어. 이젠 정말이지 일찍 일어나서 큰 소리로 우는 것이 전혀 싫지 않아. 오히려 지금은 그러고 싶은 마음이 간절하다고. 하지만," 그는 나지막이 속삭였다. "절대로 헨리에타에게 말해선 안 돼."

마침내 아침 해가 떴고, 동물들도 모두 자리에서 일어나 아침 식사를 했다. 한크와 위긴스 아줌마는 길옆에서 자라고 있는 풍성하고 즙이 많은 풀을 먹었고, 프레디는 떡갈나무에서 떨어진 도토리를 먹었다. 찰스와 헨리에타 그리고 생쥐들은 근처에 있는 너도밤나무에서 떨어진 열매를 먹었다. 찰스와 헨리에타는 열매를 통째로 먹은 반면, 생쥐들은 앞발로 열매를 잡고서 작고 날카로운 이빨로 껍질을 벗겨 낸 뒤 달콤한 알맹이만 쏙 빼 먹었다. 한편 위긴스 아줌마는 개와 고양이에게 젖을 주었고, 거미들은 위긴스 아줌마의 뿔 사이에 자리를 잡고 앉아 미리 쳐 놓은 거미줄에 걸린 파리들로 아침 식사를 했다.

동물들은 모두 배불리 아침을 먹었지만, 앨리스와 엠마만은 그렇지 못했다. 오리들은 연못 바닥의 진흙 속에서 잡은 먹이나 즙이 많은 잡초를 좋아한다. 그러나 연못을 찾을 수 없었던 오리들은 생쥐들이 껍질을 벗겨 준 너도밤나무 열매를 몇 개 집어먹더니, 강가에 도착할 때까지 참겠다고 했다.

동물들은 정오가 조금 지나서야 넓게 펼쳐진 언덕을 지나 다른 계곡에 도착할 수 있었다. 그곳에는 개똥지빠귀가 지도에 표시해 준 대로 큰 강이 있었는데, 물살이 매우 빨랐다. 동물들이 그곳에 앉아 잠시 휴식을 취하고 있는 동안, 오리들은 먹이를 찾기 위해 강둑 아래 수심이 낮은 곳으로 뛰어들었다.

위긴스 아줌마는 다이빙하는 오리들을 신기한 듯이 쳐다보았다.

"나도 저렇게 할 수 있었으면 좋겠다. 물고기들이랑 함께 헤엄을 치면서 바닷속에서 자라는 온갖 신기한 물건들을 구경할 수 있다면 얼마나 재미있을까?. 녹색 강물 사이로 올려다보는 하늘은 얼마나 멋있을까!"

위긴스 아줌마가 강둑 모서리에 기대어 서서 이렇게 말하는 순간 갑자기 강둑이 무너지더니 엄청난 물보라와 함께 아줌마가 강물에 빠졌다. 잠시 뒤에 목까지 물에 잠긴 채 강물 한가운데 앉아 있는 위긴스 아줌마의 모습이 보였다.

동물들은 모두 힘을 합해 그녀를 강 밖으로 끌어내려고 달려들었지만 모두 허사였다. 아줌마 역시 정신 없이 웃느라고 제대로 몸도 가누지 못했다.

"드디어 물속에 들어왔군. 원하던 대로 물고기들이랑 함께 있게 되었어. 소원이 이루어지는 것만큼 좋은 일은 없지."

그런데 갑자기 아줌마가 웃음을 뚝 그치더니 비명을 질렀다.

"어머나 세상에! 웹 부부는 어디 있지? 내가 강으로 떨어졌을 때 분명히 내 머리 위에 앉아 있었는데."

아줌마는 서둘러 강둑 위로 기어올라왔고, 동물들은 모두 강줄기를 따라 펼쳐져 있는 덤불 속을 찾아 헤매기 시작했다. 그러나 거미 부부는 어디에도 없었다.

"아마," 마침내 위긴스 아줌마가 입을 열었다. "거미 부부는 사라진 것 같아. 물에 빠져 죽은 것은 아니니까 그나마 다행이지. 아마 강물 위를 떠다니다가 어딘가에 도착하겠지. 물살이 상당히 빠른 것으로 봐서는 몇 마일을 떠내려 간 다음에야 겨우 땅 위로 올라갈 수 있을 거야. 어쩌면 그들을 만나지 못할지도 몰라. 나도 다시는 이런 실수를 하지 말아야지. 이제 겨우 태어난 지 두 주밖에 안 된 송아지처럼 강둑에 앉아

플로리다에 간 프레디

"드디어 물속에 들어왔군. 원하던 대로 물고기들이랑 함께 있게 되었어."

물에 빠진 위긴스 아줌마

서 그런 쓸데 없는 장난이나 치다니!"

위긴스 아줌마는 어리석은 자신의 행동을 뉘우쳤다. 하지만 그녀를 탓하는 동물은 하나도 없었다.

동물들은 다시 길을 나섰다. 곧 그들 앞에 마을의 하얀 집들과 커다란 아치 모양을 한 다리가 나타났다.

로버트가 입을 열었다.

"저 다리를 건너려면 어두워질 때까지 기다려야 할걸. 사람들이 우리를 발견하면 금방 잡아 가둘 테니까 말야."

그의 의견이 옳다고 생각한 동물들은 강 옆에 자리를 잡고 앉아서 저녁이 되기를 기다렸다. 그런데 그때 길 저쪽에서 덜거덕거리는 소리와 함께 흙먼지가 일더니 자동차 한 대가 나타났다. 차 안에는 아까 보았던 검은색 콧수염의 남자와 지저분한 얼굴을 한 소년이 앉아 있었다. 그리고 그 뒤로 검은색 개가 달려오고 있었는데, 로버트보다 덩치가 두 배나 크고 무척 사나워 보였다.

남자는 동물들을 발견하자 자동차를 세웠다.

"이제야 찾았군, 잭, 여기다!" 남자가 개를 보고 소리쳤다. "잭, 어서 저 동물들을 쫓아가! 아주 혼구멍을 내 주라고!"

주인의 명령을 받은 개는 으르렁거리며 길을 가로질러 달려왔다. 그러자 위긴스 아줌마가 머리를 내리고 위협하듯이 뿔을 흔들어 보였다. 로버트도 큰 소리로 짖어 댔고, 고양이는 으르렁거리면서 언제라도 튀어나갈 듯이 등을 잔뜩 구부렸다. 심지어 프레디까지 꽥꽥 비명을 질러 댔다. 그러자 개가 멈추어 섰다.

"우리를 건드리지 않는 편이 좋을 텐데."

위긴스 아줌마가 겁을 주었다. 개가 말했다.

"나도 그러고 싶지 않아. 너희들에게 아무런 감정도 없어. 하지만 내가 가만히 있으면 저 남자가 나를 때릴 거야."

"그렇게 맞으면서 남자와 함께 사는 이유가 뭐야?"

로버트가 묻자 개가 되물었다.

"함께 살지 않으면 내가 어디로 갈 수 있겠어?"

"우리랑 같이 가자."

로버트는 자신들이 어디로 가고 있는지 설명해 주었다.

"그거 멋진데!"

설명을 들은 개는 꼬리를 흔들며 동물들 쪽으로 걸어왔다.

"이봐, 잭!" 남자가 화가 나서 소리를 질렀다. "이 아무 짝에도 쓸모없는 놈 같으니라고! 너 지금 뭐하는 거야? 어디 죽도록 맞아 보고 싶니?"

말을 마친 남자는 막대기를 하나 집어들더니 개를 쫓아오기 시작했다. 그러나 이제 새 친구들이 생긴 잭은 더 이상 포악한 주인이 무섭지 않았다. 잭은 전 주인 쪽으로 방향을 바꾸고 으르렁거렸고, 남자는 막대기를 한번 휘둘러 보지도 못한 채 잭의 앞발에 가슴을 받혀 길바닥에 나가떨어졌다.

그러자 남자가 목소리를 바꾸어 잭을 달랬다.

"착하지, 잭! 아휴 귀여운 녀석! 이리 와서 나 좀 일으켜 줘. 그래야 착한 개지."

그러나 잭은 꼼짝도 하지 않았고, 오히려 다른 동물들이 다가와서 남자를 빙 둘러싸고 앉았다. 그러자 소년이 차에서 뛰어내리더니 예전처럼 고함을 지르며 풀밭을 가로질러 뛰어갔다. 어찌 보면 소년이 그렇게 도망친 것은 당연한 일이었다.

잠시 뒤 남자에게 충분히 겁을 주었다고 생각한 동물들은 남자가 일어서는 모습을 가만히 지켜보았다. 남자는 아무 말 없이 자동차로 걸어가서는 차를 몰고 사라졌다.

잠시 뒤 잭은 동물들에게 5년 동안 남자와 함께 살았는데, 남자가 먹을 것도 잘 주지 않고 거의 매일 때리는 바람에 마치 악몽 같은 생활이었다고 한탄했다.

"뭐니뭐니해도 빈 아저씨는 꽤 좋은 주인이었어." 한크가 말했다. "적어도 우리를 한 번도 때린 적이 없었으니까. 부족한 게 있었다면 그건 아저씨가 가난해서 사 줄 수 없었기 때문이었지."

"그런데 너 뼈다귀 하나 구할 수 있어?" 로버트가 잭에게 물었다. "집을 떠나온 뒤로는 한 번도 씹어 보지 못했거든."

"이 길을 따라 조금만 되돌아가면 내가 살던 농장이 있어." 잭이 모두에게 말했다. "내가 어제 과수원에 맛있는 뼈다귀를 두 개나 묻어 두었어. 나랑 같이 가면 그걸 줄게. 같이 갈 시간은 있니?"

"시간이야 많지." 로버트가 대답했다. "날이 어두워지기 전에는 출발할 수 없거든."

그리하여 두 마리의 개는 뼈다귀를 찾아오기 위해 함께 달려갔다.

한편 이런 사건이 벌어지고 있는 동안 웹 부부는 빠르게 흐르고 있는 강물을 따라 한가로이 강 아래쪽으로 떠내려가고 있었다. 거미는 아주 가볍기 때문에 물 위를 떠다닐 수 있다. 그러나 발바닥이 너무 미끄러워서 물에서는 많이 움직일 수 없는데, 앞으로 한 발자국을 내딛으면 곧 뒤로 두 발자국을 물러서게 된다. 그래서 웹 부부는 꼼짝도 하지 않고 앉아 강물을 따라 항해를 하면서 강둑 위로 펼쳐지는 다양한 풍경을 즐기고 있었다.

"이렇게 여행을 하면 되는데 왜들 그렇게 자가용 요트를 가지려고 하는지 모르겠어." 남편 거미가 말했다. "정말 멋지군. 플로리다로 가는 여행단을 놓친 것은 안타까운 일이지만 말야."

"이미 엎질러진 물인걸요." 아내 거미가 말했다. "우리는 이미 길을 잃은 거미라고요. 다시는 동물들을 만나지 못할 거예요. 설사 우리가 아무리 강둑으로 올라가서 그들이 지나가는 길까지 기어간다고 해도, 그들은 우리를 보지도, 우리 목소리를 듣지도 못한 채 그냥 계속 걸어갈 거예요."

"하지만," 남편 웹이 말을 막았다. "그들이 강 아래쪽에 있는 다리를 건너간다고 했어. 우리가 그들보다 먼저 다리에 도착하게 된다면 최소한 그들이 우리를 발견할 수 있도록 노력은 할 수 있을 거야."

"어머 참 좋은 생각이네요. 웹, 당신은 정말 머리가 좋아요. 나는 늘 당신이 참 똑똑하다고 생각했어요. 결혼 전에 아버지는 그렇게 말씀하시지 않으셨지만요."

"당신이 매번 그렇게 반복하지 않아도 아버님이 뭐라고 하셨는지 나도 잘 알고 있소." 웹이 퉁명스럽게 대꾸했다. "날개 없는 바보 파리 하나 잡을 정도의 담력도 없다고 하셨다면서? 아마 당신도 그 일을 생각하고 있겠지."

"아니에요." 웹 부인이 정색을 하고 말했다. "아버지가 당신은 너무 잘생겨서 절대로 죽지 않을 거라고 하신 것을 생각하고 있었어요. 그리고 아버지가 그러시는데 당신은 절대로……."

"됐어." 남편이 시무룩한 목소리로 아내의 말을 막았다. "옛날 일은 그만 얘기하고 다리에 도착하면 어떻게 할 것인지나 생각하시지. 다리까지 얼마 남지 않았으니까."

결국 웹 부인은 입을 다물었고, 거미 부부는 계획을 세우기 시작했다. 그리하여 그들이 다리 가까이 도착했을 때는 이미 계획이 다 세워진 상태였다.

빠른 물살을 타고 거미 부부는 다리의 한쪽 끝에 도착했다. 다리 밑에는 잘려나간 나뭇가지들이 물 밖으로 삐져나와 있었고, 거미 부부는 이 가지들을 잡고 기어올라와 다리 위까지 올라올 수 있었다.

"아직 도착하지 않았나 봐." 웹은 다리 위에 나 있는 동물들의 발자국을 자세히 살핀 다음 결론을 내렸다. "지금까지 말 몇 마리와 개 몇 마리가 지나간 자국은 있는데, 소나 돼지, 고양이나 오리 발자국은 찾을 수가 없어."

잠시 뒤에 거미 부부는 다리 한쪽 편에 세워져 있는 철탑을 타고 올라갔다. 그들은 각자 거미줄의 한쪽 끝을 탑에 단단하게 고정시킨 다음 아래쪽으로 내려가면서 계속해서 실을 만들어 내서는 다리를 건너 반대편에 세워져 있는 철탑에 거미줄을 고정시켰다. 이런 식으로 다리 위를 몇 차례 오고가기를 반복한 그들은, 도로 위쪽으로 약 10피트 정도 되는 지점에 두 부부가 함께 매달려 있어도 될 정도의 튼튼한 거미줄 다리를 만들었다. 그런 다음 그들은 거미줄 중간에 자리잡고 앉아 동물들이 나타나기를 기다렸다.

당연히 동물들이 어두워진 다음에 다리를 건너기로 했다는 사실을 전혀 모르고 있던 거미 부부는, 해가 진 하늘에서 별들이 반짝이고 집집마다 불빛이 빛나기 시작하자 슬슬 걱정이 되기 시작했다. 그러나 그들에게는 기다리는 것밖에는 다른 방법이 없었다.

마침내 또각또각 동물들이 거리를 따라 내려와 다리 위로 올라오는 소리가 들렸다. 동물들이 최대한 조용히 걷고 있었기 때문에 마을 사람들은 발자국 소리를 들을 수 없었지만, 거미들은 어둠속에서도 충분히 그들을 볼 수 있었다. 위긴스 아줌마의 코가 그들이 앉아 있는 곳 바로 아래쯤에 다다랐을 때, 두 부부는 재빨리 거미줄을 쳐서 그 위에 올라앉았다.

거미 부부 때문에 참을 수 없을 정도로 코가 간지러워진 위긴스 아줌마가 갑자기 '에취!' 하고 재채기를 하는 바람에 하마터면 날아갈 뻔하기도 했지만, 거미 부부는 실에 꼭 매달려 있었다.

"아이고!" 위긴스 아줌마가 말했다. "이렇게 밤늦게 돌아다녀서 감기가 든 게 아니었으면 좋겠는데!"

그때 웹 아저씨가 위긴스 아줌마의 귀 가까이 기어올라가서 "위긴스 아줌마, 저희예요. 웹 부부랍니다. 다리에서 아줌마가 오시기를 기다리고 있었어요."라고 말했다.

그러자 위긴스 아줌마가 다른 동물들에게 이 소식을 알렸고, 동물들은 기쁜 나머지 큰 소리로 환호성을 질렀다. 그들은 웹 부부를 다시 만나서 참 다행이며, 그런 생각을 해 낸 거미 부부가 정말 똑똑하다고 칭찬을 아끼지 않았다. 한편 이 소리에 잠에서 깨어난 마을 사람들은 무슨 일인가 해서 창가로 모여들었지만, 다리를 거의 다 건넌 동물들은 이제 마을 사람들에게는 전혀 신경을 쓰지 않았다.

그날 밤 동물들은 버려진 헛간을 발견하고 그곳에서 쉬어 가기로 했다. 그 다음 날 새벽이 되어 갑자기 소나기가 퍼붓기 시작했지만 동물들은 운이 좋은 편이었다. 헛간의 지붕은 튼튼했다. 빗소리에 거의 모든 동물들이 잠에서 깨어났지만, 안전하게 비를 피할 수 있다는 사실을 알게 된 동물들은 이 세상에서 가장 아름다운 음악 소리를 들으며 다시 잠이 들었다. 헛간의 널빤지 지붕 위로 빗방울이 가볍게 톡톡 떨어지는 소리가 들려왔다.

6
대통령을 만나다

동물들은 2주 동안 플로리다를 향해 걸었다.

"날씨가 전혀 따뜻해지지 않는 걸 보니 플로리다는 아직도 멀었나 봐요." 한크가 말했다.

"하지만 날씨가 더 추워지지도 않는걸." 위긴스 아줌마가 대꾸했다. "그리고 여기 오니까 잎이 무성한 나무도 볼 수 있잖아. 우리가 농장을 떠나올 때에는 농장 주위의 모든 나무들이 옷을 벗고 겨울을 맞을 준비를 하고 있었는데 말야."

"뭐, 멀면 어때요." 한크가 말했다. "조금만 고생하면 곧 좋은 날이 올 텐데요. 그리고 그곳에 도착하면 언제 이런 말을 했었나 할걸요."

떼를 이룬 많은 새들이 남쪽을 향해 동물들의 머리 위로 날아가고 있었다.

그러던 어느 날, 찰스에게 처음으로 이사갈 생각을 하게 만든 바로 그 개똥지빠귀가 하늘에서 내려오더니 동물들 주위를 맴돌았다. 이틀 전에 농장을 출발한 개똥지빠귀는 동물들에게 농장에서 있었던 일들과, 친척들의 안부를 전해 주었다. 그리고 빈 아저씨 부부도 잘 지내고 있으며, 동물들이 그들을 떠나 버린 것에 대해 몹시 섭섭해하고 있다는 말도 잊지 않았다.

"처음에," 개똥지빠귀가 이야기를 계속했다. "빈 아저씨는 누가 동물들을 훔쳐간 줄로 아셨어. 하지만 곧 너희들이 겨울을 보내기 위해 플로리다로 갔다는 사실을 알게 되셨지. 빈 아저씨가 아줌마에게 너희들이 그곳에서 겨울을 잘 지내고 내년 봄에 건강한 몸으로 무사히 돌아왔으면 좋겠다고 말씀하는 소리를 들었어. 그리고 비록 돈이 충분하지 않아 어떻게 해야 할지 잘 모르지만, 그래도 동물들이 더 편히 지낼 수 있도록 해 주겠다고도 하셨고."

이 소식을 들은 동물들은 빈 아저씨에게 인사도 하지 않고 농장을 떠나온 것을 후회했다. 동물들이 입을 모아 말했다.

"우리가 내년 봄에 농장으로 돌아갈 때는 아저씨에게 좋은 선물을 가져가자."

그때까지 동물들은 최대한 빨리 도시를 벗어나려고 애썼다. 왜냐하면 동물들이 이주를 하고 있다는 사실을 이해하지 못한 마을 사람들이 그들을 끌어다 가둘지도 모르는 일이었기 때문이다. 그래서 그들은 마을을 지날 때면 항상 밤이 되기를 기다렸다가 사람들이 모두 잠든 다음에야 움직였다.

그러던 어느 날 동물들은 저 멀리에서 작은 금빛 조각이 햇빛을 받아 반짝이는 것을 발견했다. 동물들은 곰곰이 생각해 보았지만 도무지 알 수가 없었다. 잠시 뒤에 동물들이 걸어가던 작은 시골길이 큰길로 변했다. 길 양옆으로 집들이 늘어서 있었고, 길 가운데에는 손수레들이 세워져 있었다. 이제 작은 금 조각이 점점 더 커지기 시작했는데, 그 모습은 가로수 가지에 매달아 놓은 커다란 금색 풍선 같았다.

"이 길로 가면 도시가 나올 거야." 로버트가 입을 열었다. "이 길 말고 차라리 돌아가는 편이 낫겠어."

"나는 저 금 조각이 뭔지 알고 싶어." 호기심이 많은 돼지 프레디가 말했다.

바로 그때 흰색 털이 북슬북슬한 작은 개가 목에 아주 예쁜 파란색 리본을 매고 걸어오고 있었다. 프레디가 개에게 묻자 작은 개는 거만하게 고개를 치켜세우고는 프레디에게 쏘아붙였다.

"형편없는 돼지 같으니. 나에게 말 시키지 마."

"뭐?" 프레디는 기가 막혔다. "너 대체 왜 그래? 나는 그냥 정중하게 물었을 뿐인데."

"저리 꺼져! 이 천한 것아." 작은 개가 신경질을 냈다.

"오호! 그러니까 너는 너무 고귀한 신분이라서 돼지하고는 이야기를 못하겠다 이거냐?"

프레디는 큰 소리로 웃고서 작은 개를 향해 돌진했다. 작은 개는 프레디의 무게를 이기지 못하고 쓰러졌고, 프레디는 작은 개가 입고 있는 흰색 코트와 파란색 리본이 먼지에 뽀얗게 될 때까지 길 위에서 이리저리 굴렸다.

잠시 뒤에 프레디가 개에게 다시 물었다.

"자, 이제 내 질문에 대답을 해 봐."

그러자 작은 개는 금세 고분고분해져서 금빛 풍선처럼 보이는 것은 이 나라 수도의 지붕이라고 설명했다. 또 동물들이 지금 가고 있는 도시는 워싱턴으로, 대통령이 살고 있는 곳이라고 했다. 궁금증이 다 풀린 프레디는 그 개에게 예의에 대해 설교를 하고는 개의 몸에 묻은 먼지를 털어 주고 보냈다.

"나는 대통령을 만나고 싶은데."

한크가 말했다. 다른 동물들도 모두 같은 생각이었지만 사람들이 혹시 자신들을 잡아 가두지 않을까, 또 개구쟁이 아이들이 돌을 던지지 않을까 하는 두려운 마음에 도시 안으로 들어가기를 망설였다.

그때 고양이 징크스가 입을 열었다.

"우리 모두 도시에 가자. 대통령이 계신데 설마 그런 일이 일어나게 그냥 내버려두시겠어? 그곳에 가면 우리 나라 수도는 물론이고 워싱턴 기념관을 볼 수 있어. 어쩌면 백악관에 가서 대통령을 만날 수 있을지 몰라."

마침내 뜻을 하나로 모은 동물들은 도시를 향해 떠났다. 사람들이 현관에 나와 동물들을 구경했지만 괴롭히는 사람은 없었다.

이윽고 동물들은 워싱턴에 도착했다. 그들은 잠시 멈추어서서 크고 하얀 건물들과 그 건물들을 받치고 있는 많은 기둥과 금색 칠을 한 지붕에 감탄했다. 이어서 동물들은 돔 주위를 한 바퀴 돌았는데, 탄성은 끊이지 않았다. 그 사이 비단 모자를 쓴 두 명의 상원 의원이 건물 밖으로 나오다 동물들들을 발견했다.

"동물들이 수도를 방문한 것은 이번이 처음인데요."

한 상원 의원이 말했다. 다른 의원이 맞장구를 쳤다.

"나도 처음 겪는 일이에요. 하지만 동물들이라고 해서 그러면 안 된다는 법이 있나요. 오히려 더 잘된 일이지요."

그때 또 다른 상원 의원 한 명이 건물 밖으로 나오더니 두 의원 쪽으로 다가왔다.

"이런! 이 동물들에 대해서는 나도 이미 소문을 들었지. 내 선거구 주민의 가축들이라오. 지금은 겨울을 보내기 위해 플로리다로 가고 있는데, 아마 이주를 하는 최초의 동물들이 될 겁니다. 의원님들, 이처럼 장엄한 행렬이 이곳을 방문했다는 것은 역사에 남을 만한 아주 중요한 사건입니다. 제가 곧 밴드를 불러서 동물들에게 도시를 구경시켜 주겠습니다."

상원 의원은 밴드를 부르기 위해 건물 안으로 들어갔다. 상원 의원에게서 자초지종을 들은 다른 의원들 역시 창문 밖으로 고개를 내밀고 손을 흔들며 웃는 얼굴로 동물들을 반겨 주었다.

"선거구 주민이 뭐야?" 위긴스 아줌마가 물었다.

그러나 아무도 그녀에게 설명을 해 줄 수가 없었고, 결국 아줌마는 지금까지도 그 말이 무슨 뜻인지 이해하지 못하고 있다.

곧이어 밴드가 도착했다. 밴드는 행진곡을 연주하면서 백악관을 향해 넓은 대로를 행진했고, 동물들 역시 그 뒤를 따라갔다. 기다란 모자를 쓴 상원 의원이 앞장섰고, 그 뒤로 찰스와 헨리에타가 따랐다. 이어서 위긴스 아줌마가 생쥐를 등에 태우고 행진했으며, 개 두 마리와 돼지 프레디가 그 뒤를 따랐다. 한크도 앨리스와 엠마를 등에 태운 채 행렬을 따라갔으며, 징크스가 제일 끝에 섰다.

음악에 맞추어 행진을 하는 동안 동물들은 하나같이 고개를 빳빳이 치켜세우고 있었는데, 사람들이 행진을 할 때 늘 그렇듯이 동물들도 길가에 늘어서 있는 사람들을 못 본 체했다. 스무 명의 경찰들이 동물들 곁에서 함께 행진을 했다. 기념으로 오리나 닭의 털을 뽑으려는 사람들을 예방하고, 또 함부로 접근하는 사람들을 막기 위해서였다.

동물들은 도시의 이곳저곳을 돌아다녔고, 상원 의원은 그들에게 멋진 건물과 공원과 기념비 등을 구경시켜 주었다. 끝으로 백악관을 방문했을 때에는 대통령이 현관까지 나와 웃으면서 손을 흔들었다. 또 대통령은 한 줄로 늘어서서 행진을 하는 동물들의 앞발과 갈고리 발톱 그리고 발굽을 잡고 일일이 악수를 해 주었다. 심지어 어크와 퀵 그리고 이니와 사촌인 아우구스투스까지 수줍음을 무릅쓰고 대통령의 커다란 손에 작은 앞발을 내밀었다. 동물들은 자랑스러운 마음으로 가득했다.

그 뒤에도 동물들은 10분마다 새로운 곡을 연주하는 밴드부의 연주에 맞추어 행진했고, 사람들은 손수건을 흔들면서 환호했다. 동물들이 마을 끝에 다다라서야 밴드부는 연주를 멈추었고, 상원 의원은 다음과 같은 연설을 시작했다.

"친애하는 선거구 주민과 친지 여러분, 오늘 여러분들이 나에게 경의를 표해 주신 것에 대해 심심한 감사의 말씀을 드립니다. 수도를 방문하신 고향 선거구 주민 대표를 환영하는 것은, 항상 이 나라를 위해 열심히 노력해야 하는 막중한 임무를 다하기 위해 애를 쓰고 있는 사람에게는 몇 안 되는 즐거움 가운데 하나랍니다. 여러분을 만나니 두 명의 아일랜드 사람에 대한 이야기가 떠오릅니다."

상원 의원의 연설은 계속되었다. 동물들은 예의상 웃어 주기는 했지만, 연설은 별로 재미가 없었다. 이 책에 아일랜드 사람에 대한 연설을 마저 기록하지 않은 것도 바로 이런 이유에서다. 한편 상원 의원의 나머지 연설은 동물들이 이해하지 못했기 때문에 역시 기록하지 않았는데, 이해하지 못하기는 상원 의원 역시 마찬가지일 것 같다. 하여튼 횡설수설 두서 없는 연설이었다는 점에서는 모두 생각이 같았다.

연설이 끝나자 상원 의원은 모험을 떠나는 동물들에게 작별 인사를 했고, 동물들은 밴드가 연주하는 〈작별의 노래〉에 맞추어 다시 길을 떠났다.

"오늘은 정말 멋진 하루였어." 그날 밤 위긴스 아줌마가 한숨을 쉬면서 말했다. "그런데 선거구 주민이 뭔지 정말 궁금해."

7
오래되고 낡은 집의 비밀

　어느 날 오후, 남쪽으로 행진을 계속하던 동물들은 울창한 소나무 숲을 만났다. 플로리다가 가까워지고 있었기 때문에 날씨는 따뜻했지만, 길은 울퉁불퉁하고 돌이 많았다.

　더운 날씨 때문에 지친 동물들은 신경이 날카로워져 있었다. 심지어 성격이 좋은 위긴스 아줌마까지 길고 음산한 나무 사이를 걸어가면서 투덜거렸다.

　"언제 이 숲에서 벗어날 수 있을까? 이런 데는 생전 처음이야! 사방이 온통 소나무 가시 투성이고 풀이나 물은 구경할 수가 없잖아. 벌써 저녁때도 다 되었는데."

　허공을 향해 코를 치켜든 채 냄새를 맡던 로버트가 끼어들었다.

　"비 냄새가 나는군."

이 말이 떨어지기가 무섭게 우르르르 하고 천둥 치는 소리가 들렸다. 늙은 흰색 말 한크가 말했다.

"그렇다면 우리도 비를 피할 오두막이나 헛간을 찾아야겠는걸. 이젠 더 이상 폭우가 쏟아지는데도 다른 사람을 위해 나무 아래 서 있는 일은 하지 않을 거야."

"어머나 세상에!" 헨리에타가 뾰루퉁하게 말했다. "말로만 그러실 게 아니라 어떻게 해 보시지 그래? 징크스, 나무 위로 올라가서 헛간이라도 하나 찾아봐."

그녀의 의견이 옳다고 생각한 징크스는 주위에 있는 나무 가운데 가장 높은 나무 위로 올라갔다. 잠시 뒤에 나무에서 내려온 징크스가 말했다.

"해가 서쪽으로 지고 있고, 남쪽에서 폭풍우가 올라오고 있는 것이 보였어. 숲에서 나가려면 앞으로도 몇 마일을 더 가야 해. 그런데 이 길을 따라 약 반 마일 정도 되는 곳에 작은 통나무집이 하나 보였어. 그리고 그 집의 굴뚝 안으로 연기가 들어가고 있던걸."

"그러니까 네 말은 굴뚝에서 연기가 나오고 있다는 거겠지?" 한크가 그의 말을 바로잡았다.

"그게 아니라니까." 징크스가 고집을 부렸다. "하늘 여기저기에서 생겨난 연기들이 하나의 커다란 구름이 되어서 굴뚝 안으로 빨려 들어가고 있었다니까."

"엉터리!" 헨리에타가 큰 소리로 말했다. "세상에 그런 말은 처음 듣는다!"

"그게 말이 되는지 안 되는지는 나도 모르겠지만 내가 본 것은 그랬어." 징크스는 똑같은 말만 되풀이했다. "네가 그렇게 똑똑하다면 직접 나무에 올라가서 한 번 확인해 보지 그래?"

그러나 나무 위로 올라갈 용기가 없는 헨리에타는 다시 한 번 "엉터리야!"라고 외친 다음 자리를 피했다.

주위는 점점 어두워지고 있었고, 우르르 쾅쾅거리는 천둥소리가 점점 가깝게 들려왔다.

"그렇게 말다툼만 하고 있을 때가 아니야." 위긴스 아줌마가 둘을 나무랐다. "만약 집이든 헛간이든 있기만 하다면, 그곳에서 비를 피할 수 있을 거야. 날 따라와."

그녀의 말이 맞다고 생각한 동물들이 모두 따라나섰고, 곧 통나무집을 발견했다. 통나무집은 길에서 멀찍이 떨어져 있었는데, 담장 높이만큼 자란 풀과 나무들에 둘러싸여 있어서 징크스가 나무 위에서 찾아내지 못했다면 그냥 지나쳐 버리고 말았을 것이다. 그리고 징크스의 말처럼 굴뚝 꼭대기 주위에는 구름처럼 보이는 연기가 빙빙 돌고 있었다. 연기 구름은 계속해서 굴뚝 주위를 빙빙 돌다가 굴뚝 안으로 쏙 빨려 들어갔는데, 그런 광경을 한 번도 본 적이 없는 동물들은 멈추어선 채 시선을 떼지 못하고 있었다.

"거 봐. 내가 뭐라고 그랬어?"

의기 양양해진 징크스가 말했다. 그러나 헨리에타는 대꾸도 하지 않은 채 집 가까이 다가가더니 계속해서 위쪽만 올려다보았다. 주위가 꽤 어두웠지만, 헨리에타는 그것이 연기 구름이 아니라 사방에서 날아온 새떼들이 굴뚝으로 날아 들어가고 있는 것임을 알아차릴 수 있었다.

"네가 말한 연기가 바로 저거구나!" 그녀는 큰 소리로 비아냥거렸다. "굴뚝 제비 말야! 저 새들은 원래 굴뚝 안에서 사는데, 저녁이 되어 잠을 자기 위해 집으로 돌아오고 있는 거야. 그걸 보고 연기라니 내 참! 그러니까 고양이라고 하는 거야! 고양이는 항상 급하게 결론을 내린단 말야!"

"자, 자 이제 그만 싸워." 위긴스 아줌마가 헨리에타를 나무랐다. "만약 제비들이 굴뚝 안에 있다면, 한참 동안 굴뚝을 사용하지 않았겠군. 그건 다시 말해서 아무도 그곳에 살지 않는다는 말이지. 자, 안으로 들어가자."

우르르르—쾅! 갑자기 천둥 치는 소리에 놀란 동물들은 정신없이 문을 향해 달렸고, 동물들이 집 안으로 들어서자마자 쏴 하는 소리와 함께 소나기가 쏟아졌다.

집은 커다란 방으로 되어 있었는데, 의자 두 개, 탁자 하나, 빈 통 하나, 그리고 헌 신문지 더미가 하나 놓여 있었다. 문 반대쪽에는 커다란 벽난로가 자리잡고 있었는데, 벽난로 옆에는 잘 손질된 장작들이 쌓여 있었다. 사방이 먼지투성이인 점으로 보아, 아마도 오랫동안 아무도 살지 않은 것 같았다.

우르르르—쾅! 천둥 치는 소리에 놀란 동물들은 정신없이 문을 향해 달렸다.

플로리다에 간 프레디

밖에서는 빗줄기가 폭우로 변하고 있었고, 엄청난 천둥 소리와 번개가 심상치 않게 느껴졌다. 그러나 비를 피할 수 있게 된 동물들은 아주 행복했다. 다만 어크와 퀵, 이니, 그리고 사촌인 아우구스투스만 다소 겁을 집어먹고 있었는데, 갑자기 번쩍 하고 처음으로 번개가 치자 그들은 벽난로 옆에 있는 낡은 쥐구멍 안으로 들어가더니 폭풍이 그칠 때까지 꼼짝도 하지 않았다.

천둥과 번개가 사라지고 폭우도 잠잠해졌지만, 비는 밤새도록 쉬지 않고 내렸다.

"점점 더 추워. 빈 아저씨가 오셔서 불을 지펴 주시면 좋겠다." 로버트가 말했다.

"여기 성냥이 몇 개 있어."

벽난로 위의 장식 선반에 앉아 있던 수탉 찰스가 성냥을 건네자 로버트가 말했다.

"나도 불을 피울 수 있을 거야. 아저씨가 하시는 것을 많이 봤거든. 성냥을 두 개 잡고 가볍게 치면 돼, 찰스."

"하지만 굴뚝에서 자고 있는 제비들은 어떻게 하지?" 헨리에타가 물었다. "제비들은 걱정도 안 되나 봐!"

"제비들에게 이리로 내려와서 우리랑 같이 불을 쬐자고 하자."

로버트가 제안했다. 제비들이 있는 위쪽을 향해 어서 아래로 내려오라고 소리를 지르자 곧 제비들이 삼삼오오 짝을 지어서 내려오기 시작했다. 방 안을 한 바퀴 돈 제비들은 줄을 맞춰서 벽에 매달렸는데, 앞발을 이용해 가지 위에 앉는 다른 새들과는 달리 날개 끝부분에 달린 작은 고리들을 이용해 매달리는 습성이 있었다. 제비들은 벽을 가득 메우고도 남을 정도로 그 수가 많았는데, 그 모습이 마치 검게 빛나는 멋진 양탄자 같았다.

드디어 로버트는 신문지와 나무를 가지고 불을 피웠다. 그는 성냥개비 하나를 입에 물고 바닥에 놓인 성냥에다 긁고, 불이 붙자 성냥개비를 종이 위에 떨어뜨렸다. 다행히도 코 끝이 성냥불에 조금 그을렸을 뿐 온몸에 불이 붙는 것은 가까스로 피할 수 있었다. 종이가 타기 시작하자 동물들이 모두 벽난로 주위에 웅크리고 앉아서 불이 더 잘 타오를 수 있게 바람을 불어넣기 시작했다. 마침내 장작이 활활 타올랐고, 동물들은 모두 벽난로 주위에 둘러앉아 수다를 떨었다.

"이 집에 누가 살았는지 궁금하군."

찰스가 먼저 이야기를 꺼냈다.

"그건 아무도 모르지."

문 위에 매달려 있던 제일 나이 많은 제비가 대답했다. 그러자 나머지 제비들이 "맞아 맞아!" 하고 합창을 하더니 날개를 파닥거렸다.

"우리 할아버지가 살아 계실 때부터 이 집은 비어 있었어."

나이 많은 제비가 다시 입을 열자 "맞아 맞아." 하고 나머지

플로리다에 간 프레디

제비들이 또 합창을 했다.

"그리고 할아버지의 할아버지가 살아 계실 때에도 이 집은 비어 있었지."

"맞아 맞아."

"그리고 또 …….“

"말을 막아서 미안한데요." 로버트가 정중하게 말했다. "똑같은 말을 계속 반복할 필요는 없는 것 같아요. 그렇다면 이곳에는 사람이 산 적이 없었단 말인가요?"

"아주 옛날에는." 제비가 천천히 설명을 시작했다. 그런데 그가 다음 말을 잇기 전에 제일 어린 새끼 제비가 "맞아 맞아." 하고 재잘거렸다.

그러자 늙은 제비가 새끼 제비를 노려보았고, 어미 제비는 버릇없이 이야기에 끼어든 새끼 제비의 엉덩이를 몇 대 때렸다. 왜냐하면 제비들의 세계에서는 항상 가장 나이가 많고 현명한 제비가 이야기를 하고, 나머지 제비들은 이야기가 끝나기를 기다렸다가 "맞아 맞아"라고 맞장구를 치는 것이 풍습이기 때문이었다. 이것은 워낙 제비들의 숫자가 많기 때문에 생겨난 것으로, 만약 제비들이 한꺼번에 재잘거린다면 도대체 무슨 말을 하는 것인지 아무도 이해할 수 없을 것이다.

"아주 옛날에." 하고 늙은 제비가 다시 말을 이었고, 엄마한테 엉덩이를 맞은 새끼 제비는 구석에서 조용히 훌쩍거렸다.

"이 집에 돈이 숨겨져 있을 거라고 믿은 사람들이 이 집을 찾아왔지. 당시에는 이 집 안이나 아주 가까운 곳에 이십 달러짜리 금화가 든 꾸러미가 숨겨져 있다는 소문이 있었거든. 하지만 아직까지 금화를 찾아낸 사람은 아무도 없지."

이 소식을 들은 동물들은 모두 흥분했다. 물론 그들은 돈이 필요하지는 않았지만, 만약 금화를 찾아내어 가난한 빈 아저씨께 가져다 드린다면 얼마나 좋을까 하는 생각을 했다. 그렇게 되면 아저씨는 필요한 물건들을 모두 살 수 있게 되고, 헛간과 닭장도 고치고, 또 추운 날씨에 동물들이 따뜻하게 지낼 수 있도록 난로도 설치할 수 있을 테니까 말이다. 그리하여 동물들은 모두 돈이 숨겨져 있는 곳을 찾아나서기로 했다.

한크는 혹시 빈 곳이 있지 않나 하고 말발굽으로 바닥과 벽을 두들겨 보았다. 고양이 징크스는 모든 선반 위를 올라가 보고 찬장 안도 살폈으며, 어크와 퀵과 이니와 사촌 아우구스투스는 구석에 있는 오래된 쥐구멍에서 나와 나무 바닥의 갈라진 틈 사이를 샅샅이 뒤지고 다녔다. 심지어 웹 부부까지 발 벗고 나서서 벽이나 벽난로 안의 틈 사이를 비집고 들어가 조사를 했다. 그러나 어디에도 돈이 숨겨진 흔적을 찾아볼 수가 없었다.

"굴뚝을 빼고는 모두 찾아보았어."

프레디가 마침내 입을 열었다.

"굴뚝에는 없어요." 늙은 제비가 말했다. 그러자 다른 제비들이 모두 "맞아 맞아." 하고 동조했다.

　　　　플로리다에 간 프레디

"그렇다면 금화를 찾는 것을 그만두어야겠는걸." 프레디가 말했다. "집 안에는 없나 봐. 만약 집 밖에 금화를 묻어 두었다면 찾는 것은 불가능한 일이야."

결국 동물들은 금화를 찾는 것을 포기한 채 벽난로 주위에 다시 모여 이야기와 수수께끼를 주고받다가 잠자리에 들었다.

8
보물 발견

다음 날 아침 일찍 웹 아저씨는 아침을 먹기 전에 집 밖으로 나와서 신선한 공기를 마시고 있었다. 하늘은 구름 한 점 없이 맑았다. 아저씨는 간밤에 내린 비에 먼지가 모두 씻겨져 나가 깨끗해진 공기를 한껏 들이마시면서 소나무 가시 위를 돌아다니며 콧노래를 부르고 있었다.

오, 플로리다가 아무리 멀고 멀어도
나는 조금도 두렵지 않다네……

바로 그때 개미가 나타났다.
"안녕." 웹 아저씨가 정중하게 인사를 건넸다. "나는 여기가 처음인데, 혹시 이 근처에 파리를 잡기에 좋은 데가 없을

플로리다에 간 프레디

까?"

그렇지만 아무리 다정하게 말을 시켜도 개미의 대답을 듣는 것은 하늘의 별을 따는 것만큼 어려운 일이었다. 항상 바쁘기만 한 개미들은 이야기를 나누는 것을 시간 낭비라고 생각하고 있었다. 그러나 그 개미는 얼굴이 아주 잘생긴 웹 아저씨가 자기에게 말을 시켰다는 사실에 우쭐해져서 대답을 해 주기로 했다.

"글쎄요, 저도 잘 모르겠는데요. 하지만 이 근처에는 거미들이 많지 않은 걸로 봐서 그런 데가 없는 것 같아요."

"아, 어떡하지." 웹 아저씨가 걱정을 했다. "그런데 이곳은 아주 쾌적한 곳인 것 같구나."

"아주 좋은 곳이죠." 개미가 대답했다. "도둑 개미들이 나타나기 전만큼은 못하지만요. 그들은 숲 속의 나이 든 그루터기 안에 살면서 매일 우리 아이들을 훔쳐가거나 물건들을 뺏어 간답니다."

"세상에!" 웹 아저씨는 흥분을 했다. "정말 속상하겠구나."

"말도 마세요!" 개미가 한탄을 했다. "도둑이 아니어도 요즘 같은 때에 오십 명의 아이들을 키운다는 것이 얼마나 어려운 일인데요. 결국 우리는 전에 살던 집을 버리고 더 깊은 땅속에 다시 집을 지어야 했지요. 그래야 놈들이 쉽게 쳐들어오지 못할 테니까요. 한번 가 보실래요?"

"좋지." 거미가 대답했다. 그리하여 개미는 땅속의 작은 구멍이 있는 곳으로 거미를 안내했다. 그곳에서는 개미들이 흙과 모래를 나르고 있었는데, 구멍 안에서 날라온 흙과 모래를 밖에 버린 개미들은 서둘러 다시 구멍 안으로 들어갔다.

웹 아저씨는 개미를 따라 구멍 안 긴 터널을 따라 걸었다. 좁은 터널을 어렵게 통과해서 마침내 커다란 방에 도착하게 되었는데, 그곳이 바로 개미들의 식당이었다. 그곳에는 열 명이 조금 넘는 개미들이 정신없이 현관을 들락거리고 있었다. 아이들에게 줄 먹이를 나르고 있는 개미도 보였고 터널과 복도를 파낼 때 생겨난 흙을 나르는 개미들도 있었다. 모두들 일을 하느라 정신이 없어서인지 개미들은 방문객에게 별로 신경을 쓰지 않았다. 고개만 조금 숙이고서 간단하게 "안녕?" 하고 인사하고는 하던 일을 계속했다.

"아주 멋진 집이네." 각 방과 통로를 모두 살펴본 뒤 웹 아저씨가 칭찬을 했다.

"전에 우리가 살던 집을 보셨어야 하는데!" 개미가 아쉽다는 듯이 말했다. "응접실과 식당 바닥에는 금으로 만든 마루가 깔려 있었고 아이들의 방 천장도 금으로 되어 있었지요. 아마 숲 속에서 그 집만큼 좋은 집은 없을 거예요."

웹 아저씨는 귀를 쫑긋 세우고 맞장구를 쳤다.

"정말 최고의 집이었던 것 같구나! 금으로 만든 마루라고? 세상에, 어떻게 그런 마루를 구했지?"

"그건 저도 몰라요." 개미가 대답했다. "저의 할머니가 처음 그곳으로 이사를 오셨을 때, 이미 그곳에 금이 있었대요. 나중에 우리가 집을 넓히기 위해 방을 더 만들다 보니 또 금이 나오더군요."

"그곳을 좀 보고 싶은데." 웹 아저씨가 부탁을 했다.

"오늘 아침에 그렇게 바쁘지 않으면 제가 안내를 해 드리죠." 개미가 약속을 했다.

"일을 하는데 방해가 될지 모르니 이만 가 볼게." 웹 아저씨가 말했다. "혹시 예전에 살던 곳이 어딘지 가르쳐 주면 친구들이 있는 집으로 돌아가는 길에 잠깐 들러 보았으면 하는데."

그리하여 개미는 거미와 함께 문 쪽으로 나와 길을 알려 주었고, 웹 아저씨는 개미에게 친절하게 대해 주어서 고맙다는 인사를 하고 그곳에서 나왔다.

개미들이 전에 살던 집은 금방 찾을 수 있었다. 터널을 지나 안으로 들어가 보니 방이 나왔다. 한때는 단란한 가정의 보금자리였을 그곳이 텅 비어 있는 것을 보니 쓸쓸해 보였다. 웹 아저씨는 곧 식당으로 향했다. 식당은 키가 그렇게 크지 않은 웹 아저씨가 조금만 움직여도 부딪힐 정도로 작고 아담했다. 그런데 이럴 수가! 정말 식당 바닥은 반짝반짝 빛나는 황금으로 되어 있었다. 황금의 표면에는 글자가 몇 개 박혀 있었고, 천사의 모습이 새겨져 있었다.

웹 아저씨는 결혼하기 전에 이곳저곳을 많이 여행했는데,

한번은 은행에서 살았던 적도 있었다. 그렇기 때문에 아저씨는 개미네 식당 바닥을 보자마자 그것이 이십 달러짜리 금화라는 것을 한눈에 알아볼 수 있었다.

아저씨는 다른 방은 돌아보지도 않고 곧장 통나무집으로 달려갔다. 제비가 통나무집 근처에 금화 꾸러미가 있다고 했던 것을 기억하고 있던 아저씨는 자신이 바로 그 금화를 찾았다고 생각했다.

자초지종을 설명하면 이렇다. 처음 그곳에 집을 지었던 개미들은 금화 꾸러미가 묻혀 있던 바로 그 자리를 파 내려가기 시작했다. 금화 꾸러미는 오래 전부터 그곳에 묻혀 있었기 때문에 꾸러미 천은 이미 썩어서 다 없어진 상태였고, 금화 주위를 돌면서 길을 만들던 개미들은 동전의 평평한 면을 방바닥이나 천장으로 삼았던 것이다.

웹 아저씨가 통나무집으로 돌아왔을 때 동물들은 막 떠날 채비를 마친 상태였다. 동물들은 기어들어가는 듯한 거미의 목소리를 듣기 위해 거미에게 바싹 귀를 갖다 댔다. 거미는 그들에게 자신이 겪었던 일을 들려주었고, 거미의 설명을 들은 동물들은 개미의 옛날 집을 향해 달려가기 시작했다.

개미의 옛집에 도착한 개 두 마리와 프레디는 땅을 파기 시작했다. 프레디는 길고 날카로운 코를 이용해서 땅을 팠고, 개들은 앞발을 이용했다. 그러자 순식간에 반짝이는 금화 더미가 드러났다. 동물들은 너무 기뻐서 제정신이 아니었다. 수

닭 찰스는 흥분한 나머지 계속해서 울어 댔다.

그때 헨리에타가 소리를 질렀다.

"어머나 세상에! 그만들 좀 해! 도대체 왜들 이렇게 좋아하는지 모르겠네. 그래 이제 이 금화 꾸러미를 어떻게 할 거지?"

"물론 빈 아저씨께 갖다 드려야지." 로버트가 말했다.

"그러면 플로리다에 가기로 한 것은 어떻게 하고?" 헨리에타가 다시 물었다. "플로리다까지 이 꾸러미를 끌고 갔다가 다시 끌고 오잔 말이야? 그렇다면 이 금화 꾸러미를 어디다 넣어서 가져갈 건데?"

"미처 그 문제는 생각하지 못했는걸." 동물들이 걱정을 했다.

"그러면 이제부터 그 문제에 대해 생각해 보자." 헨리에타가 말했다. "현재로서는 금화를 다시 묻은 다음 플로리다에서 돌아올 때 꺼내는 것이 우리가 할 수 있는 최선의 방법이야. 하지만 솔직히 말하면, 이 금화를 어떻게 빈 아저씨한테 가져다 드려야 할지는 나도 모르겠어."

"그거라면 바구니 같은 것을 이용하면 되지." 프레디가 대답했다. "닭 아주머니, 그 점에 대해서는 걱정하지 않아도 돼."

그리하여 그들은 파헤친 흙을 다시 덮어서 보물을 감춘 다음 길을 떠났다.

8
두 명의 도둑

남쪽으로 내려갈수록 날씨는 점점 더워졌다. 한편 동물들
이 떠나온 북쪽에서는 눈송이들이 흩날리고 있었다. 빈 아저
씨는 헨리에타 자매들의 울음소리에 잠에서 깨어나 창 밖으
로 고개를 내밀고 그날의 날씨를 살피곤 했는데, 그럴 때면
마치 얼어붙을 것 같은 차가운 공기 때문에 아저씨의 입김이
연기처럼 보였다.

그러나 남쪽의 공기는 부드럽고 따뜻했다. 나무와 초원은
싱싱한 푸른 빛을 띠고 있었으며, 동물들은 하루종일 신이 나
서 돌아다니다가 밤이 되면 길가에서 잠을 잤다. 다만 한 가
지 걱정은, 금화를 어떻게 빈 아저씨에게 가져다 줄 것인가
하는 것이었다. 금화를 모두 합하면 약 반 포대 정도 되었다.
그러나 금은 이 세상 그 어떤 것보다 무겁기 때문에, 조그만

자루나 바구니에 나누어 담는다고 해도 동물들이 들고 가기에는 힘들었다. 그러던 어느 날 항상 긍정적인 생각을 하는 위긴스 아줌마가 제안을 했다.

"우리, 플로리다에서 겨울을 보내는 동안 어떻게 금을 옮길 것인지 계속 생각해 보기로 하자. 만약 봄이 되어도 뾰족한 수가 떠오르지 않으면 우리는 똑똑한 동물이라고 할 수 없겠지. 나는 이제 이 문제에 대해서는 더 이상 고민하지 않을 거야."

이제 자신들을 쳐다보는 사람들의 호기심 어린 눈빛에도 어느 정도 익숙해진 동물들은 마을을 지날 때에도 다른 길로 돌아가지 않고 대신 곧장 마을을 통과했다. 그럴 때마다 검은 털을 한 잭은 정육점 현관 앞에 쭈그리고 앉아서 구걸을 했다. 그러면 정육점 주인이 고깃덩어리나 뼈를 던져 주었고, 잭은 그것을 물어다 로버트와 함께 나누어 먹었다.

동물들에 관한 소문이 사방에 퍼지면서, 많은 사람들이 그들이 플로리다에서 겨울을 보내기 위해 추운 북쪽 지방을 떠나 수백 마일 떨어진 남쪽까지 오게 되었다는 사실을 알게 되었다. 그리하여 동물들이 마을 어귀에 나타나면 사람들은 동물들을 맞으러 나와서는 먹을 것을 나누어 주며 동물들을 지나치게 치켜세우곤 했다. 어떤 마을에서는 워싱턴에서처럼 밴드부가 마중을 나왔는데, 동물들을 위한 마차까지 준비하고 있었다. 그래서 한크와 위긴스 아줌마를 뺀 나머지 동물들이 모두 마차를 타고 마을을 통과할 수 있었다.

그러나 항상 좋은 사람들만 있는 것은 아니었다. 동물들에 관한 소문을 들은 일부 나쁜 사람들은 이때야말로 좋은 가축들을 공짜로 얻을 수 있는 좋은 기회라고 생각했다.

어느 날 동물들이 물살이 천천히 흘러내리는 진흙투성이인 강둑을 걷고 있을 때, 갑자기 총을 든 남자 두 명이 풀숲에서 뛰어나왔다. 동물들은 총을 보자마자 달아났지만, 그들을 피하기에는 힘이 모자랐다. 정신을 차리고 보니 한크와 위긴스 아줌마가 목이 밧줄에 묶여서 끌려가고 있었다.

나머지 동물들은 만약 자신들이 친구를 구하기 위해 달려든다면 두 남자가 총을 쏠 것임을 잘 알고 있었다. 그래서 그들은 풀숲에 몸을 숨기고서 들키지 않게 살금살금 그들을 따라갔다.

남자들은 곧 어떤 문 앞에 도착했다. 말과 소를 끌고 문 안으로 들어간 그들은 작은 흰색 집을 지나치더니 붉은 칠을 한 커다란 헛간에 한크와 위긴스 아줌마를 가두어 버렸다. 그런 다음 두 남자는 어깨에 총을 맨 채 휘파람을 불면서 집으로 돌아갔다. 저녁 여섯 시가 가까워진 것으로 보아 저녁을 먹으려는 것 같았다.

"이제 두 놈은 이주 행렬에서 빠지게 되겠지?"

한 남자가 말하자 다른 한 남자가 큰 소리로 낄낄 웃으면서 대꾸했다.

"이제는 빈둥거리며 돌아다니는 대신 일을 좀 해야 할걸."

말을 마치고 나서 두 남자는 진흙이 묻은 장화를 털지도 않은 채 현관문을 열고 집 안으로 들어가 버렸다.

그들이 사라지자마자 고양이 징크스는 키가 큰 풀을 헤치면서 살금살금 헛간 쪽으로 다가갔다. 징크스는 바닥에 몸을 붙이고 아주 천천히 기어갔기 때문에 풀의 끝부분이 전혀 움직이지 않았다. 헛간 위로 기어올라간 징크스는 먼지 낀 작은 창문을 통해 한크와 위긴스 아줌마가 헛간 바닥에 서 있는 것을 볼 수 있었다. 한크와 위긴스 아줌마는 너무도 처량하고 불쌍하게 고개를 푹 숙이고 있었다. 징크스는 조심스럽게 앞발로 창문을 두드리면서 작은 목소리로 그들을 불렀다.

"이봐! 한크!"

말 한크는 깜짝 놀라 고개를 들더니 물었다. "징크스야?"

"그래 나야. 너희들이 괜찮은지 보려고 왔어. 다른 애들도 강 아래쪽 수풀 속에 숨어 있어. 우리가 너희들을 구해 줄게."

"하지만 너희가 어떻게 우리를 구할 수 있겠어?" 한크가 한숨을 쉬었다. "우리는 둘 다 줄에 묶여 있고 헛간 문도 잠겨 있는데 말야. 이렇게 멀리까지 와서 플로리다를 바로 눈앞에 두고 납치를 당하다니 정말 기운 빠진다. 빈 아저씨가 이 사실을 아시면 뭐라고 하실까?"

"그런 말 하지 마." 징크스가 한크를 달랬다. "너희들은 어떻게든 도망칠 수 있을 거야. 우리도 너희를 모른 척하지 않을 거고. 밧줄에서 풀려나면 발로 차서 헛간의 판자 문을 부술 수 있겠어?"

"그거야 식은 죽 먹기지." 한크가 자신 있게 말했다. "단단한 신발을 신고 있거든. 하지만 문을 부수려면 시간이 좀 필요한데……. 내가 문을 다 부수기도 전에 그 남자들이 소리를 듣고 달려와서 다시 우리를 묶어 버릴 거야."

"그건 우리한테 맡겨. 인내심을 갖고 좀 기다리면 내가 쥐들을 보내서 밧줄을 끊게 할게. 쥐들이라면 이빨로 너희들을 묶고 있는 밧줄을 금방 끊을 거야. 그러면 내가 와서 신호를 보낼 테니까 그때 문을 부수고 밖으로 나오라고."

설명을 마친 징크스는 동물들이 있는 곳으로 가서 쥐들에게 할 일을 알려 주었다. 그러자 이번에는 쥐들이 헛간 바닥의 틈을 통해 헛간 안으로 들어가서 작고 날카로운 이빨로 밧줄을 두 동강 냈다.

날이 어두워지자, 징크스와 돼지 프레디, 찰스, 헨리에타, 두 마리의 개, 그리고 앨리스와 엠마까지 두 남자가 있는 집으로 다가가서 창문을 통해 안을 살폈다. 두 남자는 저녁을 끝낸 다음 주사위 놀이를 하고 있었다. 그들은 게임을 네 판이나 했는데, 게임을 하는 중간 중간 튼튼한 가축을 두 마리나 공짜로 얻은 자신들이야말로 정말로 똑똑하다고 큰 소리로 떠들었다. 또 가축들을 내다 팔면 최소한 얼마는 받을 수 있을 거라며 신이 나 있었다.

그런데 두 남자 가운데 덩치가 큰 남자는 게임을 잘 못하는지 계속해서 졌다. 그는 한참 동안 궁리를 하면서 말을 움직였지만 언제나 잡아먹히고 말았다. 한편 주사위 놀이를 아주 잘하는 프레디는 덩치 큰 남자가 또 말을 잘못 놓는 것을 보고 흥분해 버렸다. 다른 동물들은 프레디가 움직이지 못하도록 꼭 붙잡아 두었다. 만약 그러지 않았더라면 프레디는 분명 흥분한 나머지 쿵쿵 뛰면서 "아, 저 멍청이! 말을 저렇게 놓으면 안 되지!" 하고 외쳤을 것이다. 그러나 마침내 덩치 큰 남자가 중대한 실수를 하는 바람에 다섯 번째 게임에서도 지게 되자, 프레디는 더 이상 참지 못하고 소리를 질러 버렸다.

"아, 저런 멍청이! 다른 말을 움직였어야지! 또 졌잖아!"

그 소리를 들은 두 남자가 깜짝 놀라 자리에서 벌떡 일어서는 바람에 주사위 판이 뒤집어지고 말들이 바닥에 쏟아졌다.

"무슨 소리야?"

덩치가 큰 남자가 물었다.

"돼지 소리 같은데. 가서 놈을 잡자!"

말을 끝내기가 무섭게 두 남자는 모자도 쓰지 않고 밖으로 뛰쳐나왔다. 물론 현관을 나오면서 총을 챙기는 것을 잊지 않았다.

동물들은 사방으로 흩어졌다. 그러나 아직 해가 지기 전이라 프레디가 대문을 지나 길 아래쪽으로 도망치는 것이 보였다. 두 남자는 프레디를 쫓아갔다. 프레디는 매우 영리했지만 잘 달리지는 못했다. 두 남자가 신은 무거운 부츠가 쿵쿵 하고 딱딱한 바닥에 부딪치는 소리가 점점 가까워졌다. 프레디는 어떻게 하면 잡히지 않을지를 생각했다.

"이러다가는 놈들에게 잡히겠다. 아, 어쩌지! 제발 놈들이 돼지고기를 좋아하지 않았으면 좋겠는데! 멍청한 놈들! 주사위 놀이나 먹는 내기라면 내가 놈들을 다 이길 수 있는데. 머리로는 나를 당해 낼 수 없을걸. 하지만 달리기에서는 내가 놈들보다 다리가 두 개나 더 많은데도 이길 수가 없구나!"

자신의 다리가 아주 짧기 때문에 수풀 속에만 들어가면 쉽게 몸을 숨길 수 있을 거라고 생각한 프레디는 옆길로 도망갈 생각은 하지 않고 계속해서 앞으로 달렸다.

강가에 이르러 덩치 큰 남자가 팔을 뻗어 프레디의 꼬리를 잡으려고 했을 때, 프레디는 재빨리 몸을 피하더니 첨벙 하고 물속으로 뛰어들었다. 대부분의 돼지들은 물을 그리 좋아하지 않지만 프레디는 달랐다. 오래 전부터 오리 엠마한테서 수영을 배운 프레디는 온갖 종류의 수영법을 멋지게 소화했을 뿐만 아니라 돼지들이 좀처럼 따라하기 힘든 배영까지 할 수 있었다. 그리하여 그는 용감하게 반대편 강둑을 향해 헤엄쳤다.

두 남자는 곧 걸음을 멈추었고, 덩치가 큰 남자가 총을 들었다. 그러자 다른 한 남자가 "안 돼! 쏘지 마! 놈을 산 채로 잡아서 팔아야 한단 말야." 하면서 말렸다. 그러더니 코트와 신발을 벗고 프레디를 잡으러 물속으로 뛰어들었다.

덩치 큰 남자도 잠시 머뭇거리더니, 마침내 총을 내려놓고 옷과 신발을 벗더니 물속으로 따라들어갔다.

프레디는 풍덩 하는 소리와 함께 마치 강치가 쫓아오는 듯한 소리를 들었다. 그러나 오리 엠마에게 배운 대로 계속해서 코를 물속에 담근 채 팔을 한 번 뻗을 때마다 물장구질을 하는 오스트레일리아 수영을 한 덕분에 금방 반대편 강둑에 도착할 수 있었다. 하지만 땅 위에서 도망을 치면 남자들에게 잡힐 것이 뻔하다고 생각한 프레디는 강둑 위로 올라가는 대신 한 바퀴 몸을 돌려 처음 출발했던 곳을 향해 헤엄쳤다.

한동안 남자들은 프레디를 붙잡기 위해 강 여기저기를 헤엄쳐 다녔다. 한두 번은 거의 잡을 뻔했지만, 물에 젖은 프레디의 몸이 미끄러워 놓치고 말았고, 프레디는 용케 빠져나갈 수 있었다. 그리고 드디어 개 짖는 소리가 들렸다.

그 소리는 남자들이 총을 두고 온 강둑에서 들려오고 있었다. 프레디는 그곳을 향해 헤엄쳤다. 강어귀에 동물들이 모여 있었다. 한크와 위긴스 아줌마도 함께 있었는데, 그들은 남자들이 프레디를 잡으려고 쫓아다니는 동안 헛간을 부수고 탈출에 성공했던 것이다.

로버트와 잭이 탈진한 프레디를 강 밖으로 끌어내 주었다. 그때 두 남자가 프레디를 따라 밖으로 나오려고 하자 로버트와 잭이 이빨을 드러내고 으르렁거리며 겁을 주었다. 남자들은 강 아래쪽으로 자리를 옮겼는데, 두 마리의 개는 계속해서 강둑을 따라 걸어가면서 남자들이 땅 위로 올라오려고 할 때마다 으르렁거렸다. 그러자 두 남자는 마침내 강 반대쪽을 향해 헤엄을 치더니 다른 길을 통해 집으로 돌아가기로 했다.

그런데 강 반대쪽에는 길이 없었기 때문에 걷기가 쉽지 않았다. 게다가 맨발로 그 길을 걸어간다는 것은 매우 고통스러운 일이었다. 발이 나뭇가지와 돌에 부딪쳐 몹시 아팠다. 더군다나 물에 흠뻑 젖은 상태였고 총까지 두고 왔기 때문에, 그들은 다시 물속으로 뛰어들어 강을 건너야 했다. 처음 출발했던 곳으로 돌아온 그들은 말과 소가 온데간데없이 사라졌으며, 헛간의 한쪽 면이 뻥 뚫려 있는 것을 발견했다.

집에 도착한 그들은 더더욱 화가 치밀었다. 그도 그럴 것이 집 안이 엉망이 되어 있었기 때문이었다. 주사위 판은 마루 바닥에 떨어져 있고 주사위 말들은 이 구석 저 구석에 흩어져 있었다. 그중에는 난로 밑으로 들어가거나 물건 뒤로 숨어 버린 것도 많았다. 그래도 바닥이 좀 깨끗했더라면 그렇게 엉망이 되지는 않았을 것이다. 그러나 집 안으로 들어올 때 신발을 닦지 않았기 때문에 바닥은 온통 진흙투성이고, 따라서 말을 찾는다는 것은 거의 불가능한 일이 되어 버렸다. 실제로 두 남자는 말들 가운데 세 개는 끝까지 찾지 못했다. 그 때문에 그들은 다시는 주사위 놀이를 할 수 없었다.

10
유모차 달리기 사건

남쪽이 가까워질수록 날은 더욱 무더워졌다. 동물들은 날씨가 선선할 때 되도록 많이 움직이기 위해 새벽부터 길을 나섰다. 오전 열한 시가 되면 동물들은 길가에 늘어서 있는 커다란 나무 그늘 아래 모여 오후 늦게까지 풀밭에 눕거나 수다를 떨었다. 그러다가 저녁이 되어 더위가 한풀 꺾이면 다시 길을 나섰는데, 잠자기 좋을 장소가 나타나면 그곳에서 하룻밤을 쉬어 갔다. 또 연못이나 강이 나타나면 모두 물속에 뛰어들어 수영을 했다. 이렇게 동물들은 이 세상에서 가장 태평한 시간을 보냈다.

그러던 어느 날이었다. 정오가 다 된 시각에 동물들은 가파른 언덕 그늘 아래 앉아 있었다. 길 반대편에는 집이 한 채 있었는데, 어린 여자아이 혼자서 인형이 담긴 장난감 유모차를 가지고 장난을 치고 있었다.

고양이 징크스가 이야기를 시작하자 동물들은 거의 모두 잠을 자기 시작했다. 동물들은 항상 고양이가 하는 이야기에는 귀를 기울이지 않았는데, 그래도 고양이는 전혀 아랑곳하지 않았다. 징크스는 계속해서 자신은 아주 똑똑하며, 못하는 것이 없다고 자랑을 늘어놓았다.

이렇게 자랑이 심한 것이 바로 징크스의 단점이었다. 만약 동물들이 자동차에 대해 이야기를 하면, 그는 자신이 자동차에 대해 아주 많이 알고 있고, 운전도 잘한다고 자랑을 했다. 그러다 지겨워진 동물들이 "우리 수영하러 가자."라고 하면, 그가 물을 싫어하고 실제로 팔도 한번 제대로 저어 보지 못하고 물속에 가라앉는다는 것을 모두 알고 있음에도 불구하고 자기는 아주 수영을 잘한다고 자랑을 했다.

이번에는 자전거에 대해 이야기를 하고 있었다.

"자전거는 어렵지 않아." 징크스가 말했다. "나는 두발 자전거와 세발 자전거를 타 봤어. 그리고 옛날 자전거까지 모든 종류의 자전거를 다 타 봤어……."

"와, 너 대단하구나!" 프레디가 비꼬듯이 말했다. 그러자 깨어 있던 다른 모든 동물들이 입을 모아 "징크스, 너 좀 조용히 있어라." 하고 핀잔을 주었다.

흰털 오리인 앨리스와 엠마만은 입을 다물고 있었는데, 항상 예의를 중요시하는 그들은 징크스의 기분을 상하게 하고 싫지 않았기 때문이었다. 정확히 말하자면 그들은 지나칠 정도로 예의를 지켰다. 하지만 다른 동물들과 마찬가지로 징크스의 자랑을 더 이상 들어 주지 못하겠다고 생각한 앨리스는 엠마를 불렀다.

"엠마, 우리, 저 여자아이랑 같이 놀자."

그러더니 두 오리는 자리에서 일어나서 깃털을 곤두세우고는 점잖게 길을 건너 집 쪽으로 걸어갔다.

놀 친구가 생겨서 기분이 좋아진 소녀는 인형이 담겨 있는 장난감 유모차 안에 두 오리를 올려놓았다. 그리고 인형과 오리는 이웃집 아이들이라고 하면서, 이웃집 아줌마가 장을 보러 간 사이에 자신이 아이들을 돌보는 흉내를 냈다. 또 아이들이 감기에 걸리지 않도록 작은 담요를 아이들 주위에 둘러 주었는데, 예의를 중요시하는 앨리스와 엠마는 오리 구이가 될 정도로 더웠지만 가만히 참고 있었다.

잠시 후 아이가 "얘들아, 편하지?" 하고 묻자, 엠마가 "꽥, 꽥!" 하고 대답했다.

"어머!" 아이가 탄성을 질렀다. "'엄마!' 라고 하네."

그래서 엠마는 소녀가 좋아서 손뼉을 치면서 깡충깡충 뛰는 모습을 지켜보면서 한동안 꽥꽥 울어 대야 했다.

이윽고 싫증이 난 아이는 산책을 시켜 주겠다고 하더니 오리들이 탄 유모차를 끌고 큰길로 나왔다. 그런데 바로 그때 선명한 파랑색 나비를 발견한 소녀는 나비를 따라 들판을 가로질러 달려갔고, 장난감 유모차는 동물들이 쉬고 있는 언덕 꼭대기 큰길 가운데에 덩그러니 남겨졌다. 그때까지도 징크스는 자전거에 대해 떠들고 있었다.

"나는 뒤로 갈 수도 있어. 두 손을 모두 놓아도 끄떡 없지. 계단 오르내리기도 할 수 있는걸."

"오, 제발 허풍 좀 그만 떨어." 헨리에타가 쏘아붙였다. "너는 자전거도 못 타잖아. 다리가 짧아서 자전거 페달도 못 밟으면서 말야."

"꼭 두 발이 페달에 닿아야 하는 건 아냐." 징크스가 반박을 했다. "언덕 아래까지 내려갈 수도 있다고. 그냥 언덕 꼭대기에서 출발하면 씽 하고 시속 백 킬로미터로 달려가지! 그리고……."

"제발 입 닥쳐!" 헨리에타가 고함을 질렀다. "세상에 너 같은 놈은 처음이야! 맨날 자랑, 자랑, 자랑이야! 그저 말로 자랑하는 게 전부지! 저기 있는 저 장난감 유모차를 몰고 언덕 아래로 내려갈 자신도 없으면서 말야!"

"오호호!" 징크스가 큰 소리를 쳤다. "저게 뭐 대단한 거라고! 그야말로 식은 죽 먹기라고!"

"좋아." 헨리에타가 말했다. "어디 정말 할 수 있는지 보자."

"너는 내가 못 할 거라고 생각하고 있나 보지?"

징크스가 물었다.

"그래, 그렇게 생각한다."

헨리에타가 쌀쌀맞게 쏘아붙이자 징크스는 장난감 유모차 쪽으로 걸어가더니 앨리스와 엠마가 두 인형과 함께 앉아 있는 유모차 안으로 기어올라갔다. 그리고는 큰소리를 쳤다.

"봐, 아주 쉽다고. 식은 죽 먹기라니까! 저 언덕 아래로 내려가면 되지? 흥!"

하지만 징크스는 출발하고 싶지는 않은지 자꾸 머뭇거렸다. 엠마가 애원을 했다.

"징크스, 제발 유모차에서 내려. 우리가 다 타기에는 너무 좁단 말야."

앨리스엘가 물었다.

"징크스, 너 정말 언덕 아래로 내려갈 거야? 정말 그렇게 한다면 난 여기서 내릴 거야."

"언덕을 내려간다고?" 징크스가 말했다. "그런 다음 이 더운 날에 다시 언덕을 기어올라오라고? 단지 내가 자전거를 탈 수 있다는 것을 증명해 보이기 위해서? 흥, 내가 미쳤어? 만약 내 말을 못 믿겠다면— 그래, 그러라지 뭐, 그러면 끝인데?"

그 사이 잠에서 깨어나 있던 동물들이 모두 큰길로 나왔다.

"너 언덕을 내려갈 자신이 없지?" 동물들이 소리쳤다. "겁쟁이 고양이야! 바보!"

그때 프레디가 뒷다리로 유모차 주위에서 춤을 추면서 노래를 지어 불렀다.

징크스는 겁쟁이 고양이래요
꼬리에는 꾀가 가득 들어 있지요!
무서워서 언덕을 내려가지 못하고 있어
완전히 겁에 질려 있네요!

하지만 여전히 아래쪽이 심하게 굽어져 있고 거리가 3킬로미터 정도 되는 언덕을 미끄러지듯 내려갈 마음이 전혀 없는 징크스는 한동안 핑계거리를 찾느라 고심했다. 그런데 그가 머뭇거리고 있는 사이 프레디가 그만 유모차에 쿵 하고 부딪히고 말았다. 그 바람에 충격을 받은 유모차가 언덕 아래를 향해 천천히 굴러가기 시작했다.

"이봐! 너 뭐하는 거야?"

징크스가 너무 놀라 뛰어내릴 생각도 하지 못한 채 고함을 질렀다.

동물들은 멍하니 서서 장난감 유모차가 점점 더 빨리 가파른 언덕길을 내려가는 것을 지켜보았다. 공포에 질린 앨리스와 엠마가 찢어질 듯 비명을 질러 댔고, 징크스는 덜커덕거리며 좌우로 왔다갔다하는 유모차 안에서 떨어지지 않기 위해 네 발을 이용해 필사적으로 매달렸다. 유모차가 점점 작아지더니 마침내 곡선을 그리며 시야에서 사라졌다.

그 광경을 지켜본 동물들은 깜짝 놀라 있는 힘을 다해 언덕 아래로 달리기 시작했다. 언덕을 반쯤 내려왔을 때 뒤에서 큰 울음소리가 들렸다. 인형을 잃어버린 소녀가 울면서 그들 뒤를 쫓아오고 있었다.

"고양이 미워!" 아이가 울부짖었다. "정말 나쁜 고양이야! 내 장난감 유모차를 훔쳐서 인형을 싣고 달아나 버렸단 말야!"

동물들은 아이가 가까이 올 때까지 기다렸다. 아이가 다가오자 한크는 무릎을 꿇어서 아이를 등에 태웠다. 그리고 그들은 다시 달리기 시작했다.

드디어 언덕 아래의 길이 굽은 곳에 도착했다. 그 길을 돌아가자 넓은 시내 위로 놓인 다리가 하나 보였는데, 그 중간쯤에 유모차가 뒤집혀 있었다. 물에 흠뻑 젖은 징크스는 한쪽 눈 주위가 멍이 든 채 물속에서 나와 강둑을 향해 기어올라오고 있었다. 그리고 앨리스와 엠마는 냇물 한가운데에서 마치 아무 일도 없었다는 듯이 한가롭게 수영을 하며 수다를 떨고 있었다.

유모차가 뒤집히면서 달려 내려오던 속도 때문에 유모차 안에 있던 인형과 오리들과 고양이는 모두 다리 위를 날아 물속으로 곤두박질쳤다. 인형과 고양이는 물속에 풍덩 빠지고 말았지만 앨리스와 엠마는 전혀 문제될 것이 없었다. 자랑과는 달리 원래 수영을 못하는 고양이는 한참 동안 고생을 한

물에 흠뻑 젖은 징크스가 강둑을 올라오고 있다.

플로리다에 간 프레디

끝에 겨우 땅 위로 올라올 수 있었다. 그러나 친구들을 발견하자마자 징크스는 마치 자신이 일부러 그랬던 것처럼 보이려고 큰소리를 쳤다.

"거 봐! 다시는 나한테 뭐라고 못하겠지? 어때 내가 멋지게 해냈지, 안 그래? 이젠 너희들도 할 말이 없을걸!"

그때 아이가 한크의 등에서 뛰어내려와 징크스를 향해 달려가더니 사정없이 때리기 시작했다.

"이 나쁜 고양이! 너 나빠, 나쁘단 말야! 내 인형들은 어딨어?"

징크스는 양쪽 발 사이에 고개를 묻고 잔뜩 몸을 웅크린 채 가만히 맞고만 있었다. 사실 아이는 생각만큼 힘이 세지 않았는데, 나중에 징크스는 프레디에게 "털에 묻은 물을 털어 주는 정도에 불과했어."라고 당시 상황을 설명했다.

앨리스와 엠마가 물속에 들어가 인형을 찾아와서는 물기가 빠지도록 강둑 위에 올려놓았다. 잠시 후 징크스를 때리는 데 싫증이 난 아이는 인형을 다시 유모차에 태웠고, 위긴스 아줌마는 아이를 대신해 유모차를 언덕 위까지 밀어 주었다. 아이는 이번에도 한크의 등에 올라탄 채 언덕을 올라갔다.

그 사건이 있은 뒤부터 징크스는 말을 많이 하지 않았다. 어쩌다 그가 또 자랑을 하려고 하면, 동물들은 입을 모아 "유괴범! 인형 도둑! 누가 아이한테 매를 맞았지?" 하고 놀렸다. 그러면 징크스는 몸을 쭉 뻗은 채 잠이 든 시늉을 했다.

11
평화로운 한때

오전 내내 나무가 많은 거친 늪지대를 통과한 동물들은 마침내 언덕 위 평평한 곳에 도착했다. 언덕 아래에는 넓은 계곡이 흐르고 있었는데, 계곡 사이로 보이는 푸른 나무 숲과 흰색 집들이 평화로워 보였다. 계곡 너머에서 불어오는 부드러운 바람이 얼굴에 부딪히면서 달콤한 향기를 전해 주었다. 그것은 동물들이 한 번도 맡아 본 적이 없는 기분 좋은 냄새였다.

"으으음!" 위긴스 아줌마가 향기를 맡았다. "냄새 좋지 않아? 클로버 향기보다 훨씬 더 좋은데. 도대체 무슨 향기일까."

"나는 알 것 같아." 잭이 끼어들었다. "결혼식에서 이런 냄새를 맡아 본 적이 있었어. 저기 작은 나무들 보이지? 저게

플로리다에 간 프레디

바로 오렌지 나무인데, 이것은 오렌지꽃에서 나는 향기야."

"저기 봐!" 프레디가 다급하게 외쳤다. "야자나무다!"

"저기가 바로 플로리다야!"

징크스가 탄성을 질렀다. 그러자 동물들이 모두 "플로리다다!"라고 외치는 바람에 몇 마일 떨어진 곳에까지 동물들의 외침이 들릴 것만 같았다.

앨리스와 엠마는 꽥꽥 소리를 지르며 뒤뚱뒤뚱 날개를 파닥거렸고, 찰스는 '꼬끼오' 하고 큰 소리로 울어 댔다. 개들도 멍멍 하고 짖었고, 위긴스 아줌마도 음매 하고 길게 소리를 뽑았다. 나이 든 흰색 말 한크는 망아지처럼 빙글빙글 춤을 추다가 다리가 꼬이면서 넘어지는 바람에 모두들 배꼽을 잡고 웃었다. 심지어 위긴스 아줌마의 양뿔 사이에 거미집을 치고 있던 웹 부부까지 좋아서 춤을 추었고, 생쥐들은 기쁨을 이기지 못해 깡충깡충 뛰어다녔다.

"그래, 여기가 바로 플로리다야!" 위긴스 아줌마가 말했다. "드디어 도착했군!"

잠시 후 동물들은 플로리다를 향해 언덕을 내려가기 시작했다. 신이 난 프레디가 노래를 부르기 시작했다.

날씨가 점점 더워지고 있고,
오렌지 꽃 향기는 더욱 진해지고 있네.
플로리다야, 우리가 왔단다.

"하지만 오렌지꽃 향기는 그렇게 지독하지 않아."

로버트가 이의를 제기했다.

"나도 알아." 프레디도 동의했다. "하지만 리듬에 맞추다 보니까 그렇게 됐어."

"그러면 다른 노래를 불러." 로버트가 핀잔을 주었다.

결국 프레디는 새 노래를 부르기 시작했다.

플로리다로 가는 길은 구불구불하고

먼지도 많은 아주 먼 길이라네.

하지만 우리들은 즐겁게 여행을 하고 있지.

신나는 노래에 발을 맞추네.

우리는 용감한 동물들—그러나 우리 집은 너무 추웠지.

그래서 우리가 이곳에 왔어.

플로리다로, 플로리다로

저 멀리 북쪽의 집을 떠나서.

플로리다, 플로리다에는 오렌지 꽃이 핀다.

악어들이 감미로운 노래를 부르고

고구마가 자라고 있다.

오, 우리는 그런 곳이 부러워

나도 이런 곳에서 살고 싶어—

플로리다, 플로리다에서

아주 행복하게 살고 싶어.

이 노래가 훨씬 낫다고 생각한 동물들은 신나게 노래를 부르며 행진을 했다. 마침내 플로리다에 도착했다는 생각에 너무 기쁜 나머지 그들은 정오가 되어 잠시 쉬어 가는 것도 잊은 채 거의 오후 세 시까지 쉬지 않고 행진을 했다. 마침내 위긴스 아줌마가 길가에 있는 나무 아래 쓰러졌다.

"난 더 이상 한 발자국도 못 가겠어!" 아줌마가 선언했다. "땀이 비오듯이 떨어지고 있어. 찰스, 미안하지만 네 날개로 잠시 부채질을 해 주렴."

그리하여 동물들은 모두 나무 아래에 자리를 잡고 앉았고, 찰스는 친절하게도 위긴스 아줌마가 시원해질 때까지 부채질을 해 주었다. 모두들 상당히 지쳐 있었고 날씨도 더웠기 때문에, 동물들은 그날 밤을 그곳에서 보내면서 플로리다에서 무엇을 할 것인지 의논하기로 했다. 그리하여 날이 밝아 플로리다에 도착하면 계획을 바로 실천에 옮기기로 했다.

동물들은 오렌지 나무 아래에 모여 자신들이 할 수 있는 일들에 대해 의논했다. 그리고 마침내 프레디의 제안대로 해변에 가기로 결정을 내렸는데, 프레디는 그곳이 해수욕을 하기에 아주 좋은 곳이라고 생각했다.

"하지만 어떻게 해수욕장을 찾아가지?" 로버트가 물었다. "그럴 거면 개똥지빠귀한테 지도에 표시를 해 두라고 할걸."

그러자 프레디는 플로리다는 반도이기 때문에 해수욕장을 쉽게 찾을 수 있을 거라고 말했다.

"반도가 뭐야?" 하고 잭이 묻자, 헨리에타가 "찰스한테 물어보지 마! 그냥 아는 척하는 것뿐이니까." 하고 말렸다.

그러자 프레디가 끼어들었다.

"반도란 땅의 대부분이 바다로 둘러싸여 있는 곳을 말해. 다시 말해서 한곳을 제외한 나머지 방향으로 계속해서 걸어가면 바다와 만나게 된다는 거지."

"맞아." 로버트가 아는 척을 했다. "하지만 어느 쪽으로 가면 안 되는지 어떻게 알 수 있느냔 말야?"

"이 바보야, 적어도 우리가 온 쪽은 아니지."

프레디는 땅바닥에 작은 지도를 그리더니 동물들에게 자세하게 설명을 해 주었다.

그리하여 다음 날 동물들은 바다를 찾으러 떠났다. 나흘을 걸어가자 저 멀리 햇빛을 받아 불꽃을 내듯 반짝이는 바다가 보이기 시작했다. 그러고도 꼬박 하루를 걸어서야 황금색 모래가 깔린 넓은 해변에 도착할 수 있었는데, 끝도 없이 넓게 펼쳐진 바다가 그들을 반겨 주었다. 생전 처음으로 그러한 광경을 보게 된 동물들은 오랫동안 꼼짝도 하지 않고 바다만 바라보았다. 그러더니 곧 해변으로 달려가서 수영을 하기 시작했다.

그 뒤로 동물들은 한 달 동안 바다에 머물면서 긴 여행으로 지친 몸을 달랬다. 해변에서 그리 멀지 않은 곳에서 헛간을 하나 발견한 그들은 그곳을 말끔히 청소한 다음 모두 모여 행복하게 지냈다. 매일 오후 네 시가 되면 동물들은 잠시 헤엄을 치기 위해 파도 속에 몸을 맡겼고, 저녁 시간이 될 때까지 모래 위에 둥그렇게 누워 수다를 떨었다.

그들은 플로리다에서 그렇게 빈둥빈둥 평화로운 시간을 보냈다. 하지만 곧 아무것도 하지 않는 빈둥거리는 생활이 지겨워진 동물들은 새로운 모험이 그리워지기 시작했다.

"여기서 그칠 게 아니라 우리는 시골에도 가 봐야 해." 찰스가 제안을 했다. "우리가 집에 돌아가면, 모두들 플로리다가 어떠냐고 물어볼 텐데, 뭐라고 설명을 해 줘야 하지 않겠어?"

결국 그들은 해변을 떠나기로 했다. 그들은 해변에서 지내는 동안 친구가 되어 주었던 투구게와 해파리에게 작별을 고한 다음 플로리다 주를 여행하기 위해 떠났다.

12
악어 섬에 갇힌 동물들

2개월 동안 동물들은 플로리다의 주요 관광 명소들을 포함하여 구경할 만한 곳을 모두 방문했다. 팜 비치와 에버글레이즈, 마이애미는 물론이고 빅 사이프러스 스왐프까지 방문했는데, 바로 그 습지 건너편의 모퉁이에서 그들은 아주 흥미진진한 모험을 하게 되었다.

사건을 설명하면 이렇다. 처음 습지를 방문했을 때, 끝없이 펼쳐져 있는 습지를 보고 겁을 집어먹은 동물들은 아무도 가까이 다가가려고 하지 않았다. 사방을 둘러보아도 길이나 통로는 찾을 수 없었으며, 걸어다닐 수 있을 정도의 평평한 땅도 없이 온통 물과 진흙과 울퉁불퉁 꼬인 사이프러스 나무뿐이었다. 또 나무들이 빽빽하게 자라 있었기 때문에 주위가 어두컴컴했다.

플로리다에 간 프레디

그때 징크스가 먼저 입을 열었다.

"자, 어서 가자! 습지가 어떤지 가 봐야지. 너무 깊이 들어갈 필요는 없어. 너희들, 왜 겁을 먹고 있어?"

그 말에 동물들은 모두 늪지로 향했다. 처음에는 그렇게 힘들지 않았지만, 조금 시간이 지나자 진흙과 물도 더 깊어지고 나무들도 앞이 보이지 않을 만큼 많아졌다. 그 뒤로는 제대로 걸음을 걷기가 힘들었는데, 사방이 오직 늪과 나무들뿐이었다.

"난 돌아갈 거야."

위긴스 아줌마가 말했다. 그러자 다른 동물들도 그만 돌아가겠다고 했다. 징크스도 더 이상 들어가지 않는 편이 좋겠다고 했다.

그러나 동물들은 어느 길로 돌아나가야 할지 길을 찾을 수가 없었다. 나무 사이를 이리저리 헤치고 다녔지만 그들이 걸어왔던 길을 좀처럼 찾을 수가 없었다. 발자국이 물에 잠기면서 흔적을 찾을 수 없게 된 것이었다. 또 나뭇가지들이 머리 위를 완전히 덮다시피했기 때문에 해를 볼 수도 없었다.

"이제 길을 잃어버렸군." 한크 등에 올라앉아 있던 헨리에타가 말했다. "징크스, 이제 만족하냐?"

"남을 탓해 봤자 아무 소용없어." 위긴스 아줌마가 달랬다. "자, 우리 이쪽으로 한 번 가 보자. 길이 다 비슷비슷해 보이는데, 그래도 이쪽이 맞는 것 같아."

그리하여 위긴스 아줌마를 따라 동물들이 움직이기 시작했다. 사방은 어둡고 음침했다. 물은 검은색이었고, 회색 이끼에서 기다랗게 비어져 나온 털이 나뭇가지에 거꾸로 매달려 있었다. 동물들은 여러 차례 헤엄을 쳐야 했는데, 수영을 잘 하지 못하는 동물들은 덩치가 큰 동물의 등에 올라탔다.

마침내 그들이 찾는 마른땅이 보였다. 앞쪽의 나무 기둥들 사이로 햇살이 쏟아지고 있었고, 동물들은 허둥지둥 앞쪽으로 나아가기 위해 안간힘을 썼다. 잠시 후 동물들은 작은 운하처럼 보이는 곳의 강둑에 올라왔는데, 운하 너머로 풀이 우거진 푸른 초원 위에 맑은 햇빛이 쏟아지는 모습이 무척 평화스러워 보였다.

"이쪽이 아닌 것 같은데." 위긴스 아줌마가 말했다. "그런데 어머나! 저 풀 좀 봐! 우리 저기 가서 배 좀 채워도 될 것 같은데, 안 그래 한크? 자, 얘들아, 저기까지 헤엄쳐 가자. 적어도 저곳에 가면 안심하고 걸을 수 있잖아."

"조심해! 저 통나무에 코를 부딪히지 않게 모두들 조심해."

징크스가 앞발로 가리키는 곳에는 나무 기둥처럼 보이는 것들이 반쯤 물에 잠긴 채 운하 중간에 많이 떠 있었다.

마침내 동물들은 헤엄을 쳐서 운하를 건너기 시작했다. 그러나 그들이 반대편 강둑 위로 올라가고 있을 때, 헨리에타가 정신없이 울어 댔다.

"저기 봐! 저기! 통나무들이 움직이고 있어!"

정말 그들이 통나무라고 생각했던 것들이 헤엄을 치면서 동물들을 쫓아오고 있었다. 그들은 다름 아닌 악어들이었다!

"나는 정말 이곳이 싫어!"

위긴스 아줌마가 말했다. 그러나 대부분의 암소들이 그렇듯이 용감한 아줌마는 몸을 획 돌리더니 악어 떼를 향해 위협하듯 뿔을 흔들면서 고함을 질렀다.

"썩 물러가! 안 그러면 가만 두지 않을 테다!"

그러나 악어들은 아줌마를 비웃기만 했다. 한 악어가 물었다.

"오호! 가만히 두지 않겠다고? 그런데, 너희들은 왜 우리 마을에 쳐들어온 거야?"

"우리는 평화를 사랑하는 동물들이다." 위긴스 아줌마가 대답했다. "그리고 우리는 단지 너희 마을에서 나갈 수 있는 제일 빠른 길을 찾고 있어. 지금 우리는 길을 잃은 상태인데, 너희가 길을 찾는 데 도움을 준다면 매우 고맙겠다. 정 그럴 마음이 없다면 어쩔 수 없이 우리 혼자서 길을 찾아야 하고."

그 말을 들은 악어들이 정신없이 웃는 바람에 두 마리의 악어가 사레가 걸려 다른 악어들이 꼬리로 등을 쳐 주어야 했다.

"너희들은 지금 여기가 어딘지 알아? 너희는 악어 나라의 한가운데 있는 섬에 도착한 거라고. 절대로 빠져나갈 수 없어. 그리고 오늘밤 너희들은 우리 악어들의 저녁먹이가 될 거야."

악어들의 말에 동물들은 자신들이 정말로 곤경에 빠졌다는 사실을 알 수 있었다.

"이건 찜닭이 되는 것보다 더 심각한 상황인데."

찰스가 중얼거렸다.

그러나 똑똑한 돼지 프레디는 좋은 생각이 떠올랐다. 겁이 나기는 마찬가지였지만, 그래도 프레디는 침착하게 이야기를 시작했다.

"악어님들, 지금 우리를 잡아먹는다면 큰 실수를 하는 겁니다. 우리는 평범한 동물들이 아니거든요. 우리는 이 세상에서 처음으로 이주를 한 동물들이랍니다. 우리는 원래 저 북쪽에 살고 있었어요. 그런데 여러분들의 아름다운 나라를 방문하여 우리 마을 사람들에게 아름다움에 관한 이야기를 들려주기 위해 수천 마일을 달려왔답니다. 그러니 우리를 잡아먹겠다는 그런 섭섭한 말씀을 말아 주세요."

"녀석, 말을 굉장히 잘하는군." 한 악어가 말했다. "저놈이 제일 맛있겠는걸. 토실토실하게 살이 올라 있는데!"

그때 다른 악어가 끼어들었다.

"돼지야, 네가 한 말도 일리가 있어. 너를 악어 대장께 데리고 가지. 그분 앞에서 지금 우리에게 했던 이야기를 다시 해드려. 그러면 아마 너희들을 놓아 주실지 몰라. 어쩌면 원래 계획대로 너희들을 잡아먹을 수도 있어. 어떻게 하실지는 악어 대장께서 결정을 내리실 거야."

그런 다음 악어는 늪지가 다시 시작되는 섬 반대편으로 동물들을 안내했다. 악어는 강둑에 올라서더니 큰 소리로 악어 대장을 불렀다.

"오, 악어 대장님이시여, 여기 낯선 이들이 악어 대장님께 드릴 말씀이 있다고 합니다."

잠시 동안 침묵이 흐른 뒤 부글부글 물이 끓어오르기 시작했다. 그리고는 맥주통만 한 커다란 머리가 물 밖으로 나왔는데, 그 뒤를 이어 위긴스 아줌마와 한크와 잭과 로버트와 프레디를 합쳐 놓은 것만큼 기다란 몸통이 따라 올라왔다. 그가 바로 악어 대장이었는데, 온몸에 푸른색 이끼가 낄 정도로 늙은 악어였다.

악어는 축 처진 커다란 눈을 뜨더니 졸린 듯 굵은 목소리로 중얼거렸다.

"그래, 그들이 뭘 원하느냐?"

"저녁 먹잇감이 되지 않게 해 달라고 합니다."

"그럼 점심에 먹어 버려라."

이 말을 남기더니 악어 대장은 다시 물속으로 가라앉기 시작했다. 그때 프레디가 물가로 급히 달려가서 고함을 질렀다.

"오, 위대하신 악어 대장님. 저희는 대장님께서 한 번도 들어 본 적이 없는 저희 나라에 대해 설명을 해 드리기 위해 수천 킬로미터를 걸어 이곳까지 왔답니다."

그러자 악어 대장이 멈추어선 채 두 눈을 떴다.

"왜 진작 그 말을 하지 않았느냐?" 대장이 나무랐다. "그렇다면 얘기가 완전히 달라지지. 나는 한적한 곳에 살고 있기 때문에 넓은 세상에 대해 잘 모르지. 너의 나라에 대해 최대한 자세히 설명을 해 봐라."

"오, 위대하신 악어 대장님." 하고 프레디가 이야기를 시작하려는 순간, 악어 대장이 말을 막았다.

"아니 그냥 나를 대장님이라고 부르는 게 더 낫겠다."

그리고는 눈을 감더니 귀를 제외한 온몸을 물에 담근 채 이야기를 들을 준비를 했다.

드디어 프레디는 북쪽 빈 아저씨의 농장 생활부터 시작하여, 그곳이 겨울에는 너무 춥기 때문에 남쪽으로 여행을 오게 된 이야기를 들려주었다. 프레디가 숨을 쉬느라고 이야기가 끊길 때마다 그의 주위에 둥그렇게 둘러앉아 있던 악어들은 "그래서? 어서 계속해!" 하며 이야기를 재촉했다. 너무 열심히 설명을 한 나머지 프레디가 지치게 되자, 이번에는 징크스가 이야기를 이어갔는데, 징크스마저 힘들어하자 찰스가 그 뒤를 맡았다. 그리하여 찰스가 이야기를 끝냈을 때에는 기억나는 이야기를 거의 모두 들려 준 상태로, 하늘에는 벌써 노을이 번지고 있었다.

이야기가 끝나가 악어 대장이 다시 수면 위로 올라오더니 두 눈을 떴다.

"너의 멋진 나라에 대해 이야기를 들려줘서 고맙다. 정말 재미있구나. 그건 그렇고 이제 저녁 시간이 되었으니 잔치를 벌여야겠군. 지금까지 우리를 즐겁게 해 준 걸로 봐서 너희들은 맛도 아주 좋을 거야."

이 말을 들은 동물들은 소스라치게 놀랐다.

"이야기를 듣는 내내 우리 모두를 잡아먹겠다는 말은 없었잖아요?"

동물들이 항의했다.

"뭐, 그거야 당연한 일이지." 악어 대장이 시치미를 뗐다. "우리가 언제 너희들을 안 잡아먹겠다고 말한 적이 있어? 안 그래?"

이 말을 들은 동물들은 몹시 화가 났는데, 화를 참지 못한 징크스는 하마터면 발작을 일으킬 뻔했다.

"그러니까," 징크스가 고함을 질렀다. "우리한테 목이 쉬도록 이야기를 하게 해 놓고, 이제 와서 그게 다 헛수고다 이거냐, 이 진흙 투성이에 코만 남산처럼 큰 뚱보 통가죽 하마야? 창피한 줄 알아라! 이 이야기를 들으면 북쪽에 사는 동물들이 뭐라고 생각할까? 친구가 되기 위해 방문한 이들을 잡아먹어 버리다니! 동물들이 플로리다에 대해 얼마나 좋게 생각할지 안 봐도 뻔하다!"

"세상에, 내 말이 그 말이라니까!" 위긴스 아줌마도 덩달아 흥분을 했다. "아마 미국 대통령도 그렇게 생각할걸. 그분께서는 우리와 악수를 하면서 즐거운 여행이 되기를 바란다고 하셨잖아. 그분이 이 사실을 알면 뭐라고 하실까?"

"분명 군대를 이곳으로 보내셔서 너희 악어들을 바다로 모두 쫓아 버리실 게다. 암 그렇게 하고 말고!"

징크스가 겁을 주었다.

이 말을 들은 악어 대장은 씩 하고 웃었는데, 벌어진 입 사이로 날카로운 이빨이 여덟 개나 보였다.

"너희들 말이 옳을지도 몰라." 악어 대장이 말했다. "하지만 누가 대통령한테 이 사실을 알릴 건데? 어디 대답 좀 해 봐. 누구지? 젖소 아줌마인가?"

악어 대장이 위긴스 아줌마에게 물었다.

"설마 그렇진 않겠지. 아줌마도 뿔하고 발굽하고 꼬리까지 모두 잡아먹히고 말 테니까. 그렇다면……."

그때 헨리에타가 끼어들었다.

"우리가 대통령에게 알릴 거야. 나랑 우리 남편이 말야. 너는 다른 동물들은 다 잡아 먹을 수 있어도 우리는 잡아먹지 못할걸. 우리는 날개가 있는데 어떻게 우리를 잡겠어?"

"세상에!" 악어 대장이 말했다. "나 나이는 팔백 살도 넘어. 폰세 드 레온(Ponce de Leon : 포르투칼 탐험가로 플로리다에 정착한 최초의 유럽인)이 젊음의 샘을 찾으러 플로리다에 왔을 때도 나는 벌써 몇 백 살이 되어 있었지. 그리고 보니 발보아라는 청년이 생각나는군. 큰 키에 검은 수염을 달고 반짝이는

플로리다에 간 프레디

강철 모자를 쓰고 있었지. 이봐 친구들, 그도 너희들이랑 똑같은 실수를 저질렀어. 우리를 통나무로 착각한 거지. 하지만 장화 한쪽만 빼앗긴 채 이곳에서 빠져나갈 수 있었으니, 그가 너희들보다 운이 더 좋았던 편이지."

악어 대장은 그때 일을 회상하면서 미소를 지었다.

"그 부츠는 정말 맛이 좋았는데. 스페인산 가죽으로 만든 낡은 부츠였어. 나는 그 부츠를 반 나절이나 씹어 댔지."

그리고는 또 덧붙였다.

"그래, 너희에게 얘기한 것처럼 나는 아주 나이가 많아. 하지만 내가 팔백 년 동안 살면서 암탉이나 수탉이 다른 새들처럼 하늘을 날 수 있다는 말을 들어 본 적도 없고 실제로 본 적도 없다."

암탉과 수탉이 다른 새들처럼 잘 날지 못하는 것은 사실이지만 그들은 이러한 사실을 인정하려고 하지 않았다. 헨리에타는 화가 머리 끝까지 치밀었다.

"아하, 그래?" 그녀가 소리를 질렀다. "글쎄, 만약 네가 팔백 년 동안 두 눈을 감고 지냈다면 모를 만도 하지! 수탉이 하늘을 나는 것을 한 번도 못 봤다고, 그래? 그러면 이제 보게 될걸. 찰스," 헨리에타가 남편을 보고 말했다. "저 나무들 사이를 날아서 강 반대편까지 가 보세요."

나무들은 아주 멀리까지 뻗어 있었는데, 사실 찰스는 땅에서 담장 꼭대기까지만 날아다녔을 뿐 그 이상은 한 번도 날아

본 적이 없었다.

"맙소사, 헨리에타." 찰스가 아내에게 속삭였다. "나는 저곳까지 날아갈 수 없어. 반도 못 날아가서 물속으로 떨어지면 악어들이 나를 가만 두지 않을 거야."

"그래요, 당신은 저곳까지 날아가지 못하면 악어밥 신세가 될 거예요." 헨리에타가 말했다. "그러니까 끝까지 날아가야 한다고요. 그것이 우리가 이곳에서 도망칠 수 있는 유일한 방법이에요. 만약 당신이 대통령께 돌아가서 이 사실을 알린다고 생각하면, 저들이 우리를 놓아줄 거예요."

"좋아, 한 번 해 보지."

찰스가 대답했다. 그는 헨리에타에게 작별의 입맞춤을 한 다음 어깨를 쭉 펴고 날개를 파닥이며 날아가기 시작했다. 모든 동물들이 환호성을 질렀고, 악어들은 키득거리며 팔꿈치로 서로의 옆구리를 찔러 댔다.

찰스는 공중으로 날아올랐다. 높이, 더욱 높이 날아올라간 찰스는 있는 힘껏 날갯짓을 했고, 생전 처음으로 나무 꼭대기까지 날아오를 수 있었다. 그리고 강을 건너가기 시작했다.

저 아래 동물들이 숨을 숙인 채 그를 지켜보고 있었다. 동물들은 찰스가 너무 열심히 날갯짓을 하는 바람에 깃털이 빠져나와 아래로 떨어져 내리는 것을 지켜보았다. 그러나 안타깝게도 더 높이 올라갈 수 없었던 찰스는 천천히 물을 향해 내려오고 있었는데, 악어 두 마리가 그가 떨어질 지점을 향해

플로리다에 간 프레디

돌진했다.

"찰스는 못할 거야." 위긴스 아줌마가 힘없이 말했다. "어림도 없는 일이지!"

그런데 그때 갑자기 찰스의 날개가 꼼짝도 하지 않았다. 찰스는 두 날개를 편 채 가만히 공중에 떠 있었는데, 놀랍게도 곧 더욱 빠른 속도로 곧바로 강을 건너더니 날개를 파닥이며 숲 속에 내려앉았다.

무슨 일이 일어난 걸까? 당시 늪지대에는 강한 바람이 이리저리 불고 있었는데, 커다란 나무들이 벽처럼 주위를 에워싸고 있던 섬에는 강한 바람이 한 줄기만 들어와 건너편 쪽으로 불어갔던 것이다. 따라서 찰스는 바람을 타고 날아가 안전하게 섬을 건널 수 있었는데, 이 사실을 전혀 모르고 있던 동물들이나 악어들은 당연히 그가 혼자 힘으로 날아갔다고 생각했다.

동물들이 일제히 만세를 외쳤고, 악어들을 할말을 잊은 채 가만히 구경만 하고 있었다. 한편 악어 대장은 눈이 휘둥그래져서 "어떻게 저런 일이! 도저히 믿어지지 않는데! 정말 믿을 수 없어!"라고 절규했다.

그때 헨리에타가 말했다.

"자 이래도 우리를 잡아먹겠어?"

"무슨 소리야, 우리는 그냥 농담을 한 것뿐인데." 악어 대장이 발뺌을 했다. "우리 악어들은 농담을 잘하거든. 장한 일을

"우리 악어들은 농담을 잘하거든."

플로리다에 간 프레디

한 네 남편에게 그만 돌아오라고 해. 그래야 우리도 좋은 구경을 시켜 줘서 고맙다고 할 것 아냐. 그런 다음 그를 따라 너희들은 이 습지에서 나가고, 우리도 사이좋게 작별의 인사를 나누자."

"오호, 이 능구렁이 같은 놈!" 헨리에타가 악어 대장을 비웃었다. "그를 이리 오라고 해 놓고 잡아먹으려는 거지? 천만에! 찰스는 나무 꼭대기에서 꼼짝도 하지 않을 거야."

"너는 너무 의심이 많아." 악어 대장이 안타까워했다. "우린 절대로 그를 해치지 않을 거야. 오히려 그를 떠받들고 칭찬해 줄 거야. 하지만 너희들은 이곳을 빨리 빠져나가고 싶어 하는 것 같고, 또 날도 어두워지고 있군. 얘들아!"

악어 대장이 다른 악어들에게 명령을 했다.

"이 동물들이 안전하게 늪지를 빠져나갈 수 있게 길을 가르쳐 줘라. 그리고 무슨 일이 일어나지 않도록 신경을 써 주고. 그럼 잘 가게, 친구들. 그 동안 재미있었어. 우리가 농담으로 한 말을 진짜로 받아들여서 유감이기는 하지만. 어쨌든 다 지난 일이니까 불쾌하게 생각하지 말아 줘, 알았지?"

"그러지 뭐." 헨리에타가 빈정대는 말투로 대답했다. 잠시 후 악어 대장이 물속으로 가라앉기 시작하더니 천천히 시야에서 사라졌다.

악어들은 평평한 길이 있는 늪지 끝으로 동물들을 안내했고, 다시 마른 땅을 밟게 된 동물들은 몹시 기뻤다. 찰스는 악어들이 사라질 때까지 내려오지 않은 채 나무 꼭대기에서 계속 날개를 파닥거렸다. 잠시 후 악어들은 동물들에게 즐거운 여행이 되기를 바란다는 말과 함께 작별 인사를 했다.

동물들은 다시 길을 떠났다. 조금 걷다가 뒤를 돌아보니 악어들이 한 줄로 앉아 그들을 쳐다보고 있었다. 악어들은 닭똥 같은 눈물을 뚝뚝 흘리면서, 몇백 미터 밖에서도 들릴 만큼 커다란 소리로 흐느끼고 있었다.

"어머, 악어들이 우리가 떠나서 정말 슬픈가 보다." 오리 앨리스가 말했다. "끔찍한 늪에서 생활하는 건 정말 외로울 거야."

"흥!" 헨리에타가 코웃음을 쳤다. "물론 섭섭하기도 하겠지! 하지만 쟤네들은 헤어지는 게 섭섭해서 우는 게 아니야. 저녁 먹잇감이 없어져서 굶을 생각을 하니까 속이 상해서 그런 거라고."

13
낡은 사륜 마차

악어들과의 사건이 있은 뒤로, 동물들은 이틀 동안 아무 일도 하지 않고 휴식을 취했다. 그런 다음 다시 플로리다 관광을 시작해 좋은 친구들을 많이 사귀었다. 웹 부부도 재미있고 다정한 거미들을 많이 사귀었는데, 그들과 파리 잡이에 대해 의논을 하고 거미줄 짜는 것을 비롯하여 여러 관심사에 대해 의견을 나누었다.

마침내 어느 날 아침, 동물들이 일어나 보니 온 하늘이 새들로 가득 차 있었다. 파랑새, 검은새, 티티새, 노랑촉새, 그리고 자줏빛 찌르레기에 이르기까지 온갖 종류의 새들이 북쪽을 향해 계속 날아가고 있었다. 그때야 비로소 동물들은 벌써 봄이 왔으며, 다시 집으로 돌아갈 시간이 되었다는 것을 깨달았다.

"아, 집에 돌아간다니까 너무 좋다." 위긴스 아줌마가 말했다. "그동안 정말 멋진 여행을 했지만, 그래도 집은 역시 좋은 곳이야. 눈도 이젠 다 녹았을 테고, 빈 아저씨는 감자와 옥수수와 양배추를 심을 준비를 하고 계시겠지."

"그리고 헛간 옆의 오래된 느릅나무에는 새순이 가득하겠다." 찰스가 말했다.

"그래, 오리 연못에도 얼음이 다 녹았을 거야." 앨리스와 엠마가 거들었다.

"아저씨가 밭을 일구시려면 우리가 필요할 거야." 한크가 말했다.

"자, 애들아, 우리 빨리 출발하자."

프레디의 제안에 동물들은 플로리다와 작별을 하고 고향을 향해 출발했다.

약 일주일을 걸은 동물들은 어느 날 아침, 깡통과 낡은 신발 같은 온갖 종류의 생활 쓰레기들이 산처럼 쌓여 있는 넓은 들판에 도착했다. 들판에는 가시 엉겅퀴가 자라고 있었는데, 염소 한 마리가 그곳에서 엉겅퀴를 먹고 있었다.

"안녕, 염소야?" 프레디가 인사를 건넸다.

"안녕, 돼지?" 염소도 인사를 했다. "너도 엉겅퀴 먹을래? 아주 맛있어."

"아냐, 고마워." 프레디가 정중하게 거절했다.

"너 엉겅퀴 먹어 본 적 있니?" 염소가 다시 물었다.

"아니. 별로 맛있어 보이지 않는데." 프레디가 대답했다.

"한 번만 먹어 보면 너무 맛있어서 아마 깜짝 놀랄걸. 여기 아주 큰 게 있으니까 맛만 한번 봐."

프레디는 엉겅퀴를 먹고 싶지 않았지만, 거절을 못하는 성격이라 염소의 기분을 상하게 하지 않기 위해 크게 한입 베어 물었다.

엉겅퀴를 먹는 순간 프레디는 괜히 먹었다는 후회가 들기 시작했다. 입 안이 간질간질하더니 결국 혀에 가시가 박히고 말았다. 프레디는 재채기까지 하더니 꿀꿀거리며 정신없이 주위를 빙글빙글 돌았다. 그 모습을 지켜보던 동물들은 웃느라 정신이 없었고, 염소는 놀란 눈으로 그를 쳐다보았다.

마침내 프레디는 혀에 찔린 가시를 빼냈다.

"미안해." 염소가 어쩔 줄을 몰라 했다. "아마 아까 네가 먹은 것이 좋지 않았나 봐. 여기 이건 아주 좋아. 아니면 장화를 먹는 게 더 좋을지 몰라. 어제 내가 여기 아주 좋은 것을 남겨두었거든. 하나는 내가 벌써 먹었고, 나머지……."

"아냐, 됐어." 프레디가 사양했다. "사람들 중에는 돼지는 아무거나 잘 먹는다고 생각하는 이들도 있어. 하지만 실제는 그렇지 않아. 좋아하는 음식과 좋아하지 않는 음식을 나눈다면 장화는 좋아하지 않는 음식에 속해."

"그래 알았어." 염소가 섭섭하다는 듯이 말했다. "저마다 좋아하는 음식이 따로 있지. 나는 너희들이 이곳에서 자리를 잡고 나랑 같이 살았으면 하고 바랐는데. 하지만 엉겅퀴나 장화를 좋아하지 않는다면⋯⋯."

"우린 그런 거 좋아하지 않아." 위긴스 아줌마가 염소의 말을 막았다. "아무도 안 좋아해."

"그렇다면 더 할말이 없어." 염소가 슬픈 듯이 말했다. "여기에는 다른 건 없거든. 나는 이곳이 좋은데, 그런데 이곳은 너무 쓸쓸해. 쓰레기가 담긴 마차를 끌고 와서 이곳에 쏟아 놓고 가는 멍청한 말들 외에는 하루 종일 함께 이야기할 만한 상대도 없어. 나는 정말 말하는 것을 좋아하는데 말야."

염소가 너무도 쓸쓸해하자 동물들은 그날 온종일 염소와 함께 있으면서 자신들이 여행했던 이야기를 들려주었다.

오후 늦게 동물들이 그곳을 떠날 준비를 하는데, 쓰레기를 가득 실은 짐마차 한 대가 나타났다. 마차의 주인은 새 집으로 이사를 가기 위해 필요 없는 쓰레기들을 모두 이곳으로 가져온 것이었다. 마차 주인이 가져온 쓰레기 더미 꼭대기에는 우스꽝스런 모양의 낡은 사륜 마차가 한 대 올려져 있었다.

남자는 짐마차 위에 쌓인 쓰레기를 모두 쏟아놓고 그곳을 떠나 버렸다.

"저 안에 어쩌면 장화가 있을 거야."

염소는 혀로 입술을 핥더니 쓰레기 더미를 파헤치기 시작했다. 그러나 징크스와 프레디는 쓰레기 더미보다는 우스꽝스러운 구식 사륜 마차에 더 관심이 쏠렸다. 둘은 낮은 목소

리로 잠시 동안 뭐라고 이야기를 나누더니 징크스가 말에게
물었다.

"이봐, 한크! 이리 와 봐. 이 사륜 마차를 끌 수 있겠어?"

"저걸 끌 수 있냐고?" 한크가 화가 난 듯 되물었다. "이봐,
이래봬도 내가 저것보다 훨씬 무거운 걸 얼마나 많이 끌었는
데."

"그래, 나도 네가 저걸 충분히 끌 수 있다고 생각해." 징크
스가 말했다. "내 말뜻은, 그러니까 마구나 줄 없이 지금 저
상태에서도 끌 수 있냐고."

"아니." 한크가 딱 잘라서 말했다. "목줄, 고삐, 재갈, 뱃대
끈, 그리고 봇줄도 있어야 돼."

"그게 다 뭔지는 나도 모르겠고, 어쨌든 지금은 그런 게 없
어. 기껏해야 낡은 줄이 전부야. 우리 생각엔 줄을 마차 손잡
이에 묶은 다음 네 어깨에 매면 어떨까. 그러면 끌 수 있어?"

징크스가 다시 물었다.

"뭐, 안 된다고는 할 수 없지." 한크가 반승낙을 했다. "하
지만 마차는 뭐하려고?"

"만약 네가 끌고 갈 수 있다면 우리가 개미집에서 발견한
금화를 저 위에 실어서 빈 아저씨께 가져다 드릴 수 있을 것
같아서."

징크스가 설명을 했다. 한크는 징크스의 의견에 동의했고,
프레디가 가져온 줄을 징크스가 마차의 손잡이에 묶었다. 고

양이들은 매듭을 묶는 데는 선수다. 아무리 아둔한 고양이라도 단 이 분 안에 마흔 개의 매듭을 묶을 수 있다. 만약 내 말을 못 믿겠으면 여러분의 할머니에게 여쭈어 보라. 징크스 역시 이 일을 쉽게 끝냈다. 그런 다음 그들은 한크의 어깨에 줄을 묶었고, 한크는 마차를 끌고 길을 나섰다.

사륜 마차에는 좌석이 두 개 있었고 지붕은 마치 네모난 우산처럼 보였으며, 가장자리 부분에는 술이 달려 있었다. 이 마차의 원래 이름은 사륜 포장 쌍두 마차로, 이름이 좀 특이한 이유는 그 우스꽝스런 모양 때문이라는 것 외에는 다른 설명을 해 줄 수가 없다. 한크가 마차를 끌고 쓰레기 더미에서 나오는 모습을 본 동물들은 배꼽이 빠지도록 웃었는데, 위긴스 아줌마는 너무도 정신없이 웃는 바람에 더러운 깡통 더미 안에 주저앉고 말았다.

그러나 프레디에게서 빈 아저씨께 금을 가져다 주기 위해 마차가 필요하다는 설명을 들은 동물들은 매우 기뻐했다. 두 마리의 개는 낡은 밀짚 모자와 오래된 외투, 그 밖에 빈 아저씨가 좋아할 만한 물건들을 몇 가지 주워 마차 안에 실었다. 낡은 밀짚 모자와 오래된 외투, 붉은색 페인트와 녹색 페인트가 반 정도 든 통 두 개가 마차 위에 놓였다.

"아저씨가 집을 칠하실 때 필요하실지 몰라."

로버트가 말했다. 또 빈 아줌마를 위한 격자 무늬의 숄도 올려져 있었다. 이것들은 모두 사람들이 내다 버린 것들로,

동물들은 빈 아저씨가 이것들을 필요로 할지 모른다고 생각했다. 만약 아저씨에게도 쓸모가 없다면 그때 가서 내버리면 되는 거고, 그렇다고 실망할 사람은 아무도 없을 것이다.

잠시 후 동물들은 염소에게 작별 인사를 했다. 다행히 염소는 동물들과의 이별에 대해 별로 섭섭해하지 않았다. 새로 도착한 쓰레기를 샅샅이 뒤져 낡은 장화를 여러 켤레 찾아냈기 때문이었다.

드디어 동물들이 모두 올라타자 쌍두 마차가 출발했다. 로버트와 엠마와 잭이 제일 앞자리에 앉았고, 프레디와 앨리스와 징크스와 헨리에타가 맨 뒷좌석에 앉았다. 네 마리의 쥐들은 한동안 마차 위를 돌아다니며 술래잡기를 했는데, 잠시 후 마차 바닥에 몸을 웅크리고 있더니 곧 잠이 들어 버렸다. 마지막으로 찰스는 네모 모양의 지붕 꼭대기에 자리를 잡고 앉았다.

잠시 후 동물들은 뒤를 돌아다보면서 염소에게 손을 흔들었고, 염소 역시 그들에게 손을 흔들어 주었다. 염소는 만족한 듯 무언가를 계속 씹고 있었는데, 입 밖으로 낡은 신발 끈 두 개가 늘어져 있었다.

14
동물들의 변장

사륜 마차는 언덕을 넘어 북쪽으로 향했다. 때때로 위긴스 아줌마와 두 마리의 개가 번갈아 마차를 끌기도 했지만, 마을을 통과하거나 사람들이 지나갈 때는 한크가 마차를 끌었다. 그래야 사람들의 눈을 피할 수 있었기 때문이다.

한번은 상당히 큰 마을을 통과한 적이 있었다. 당시 한크가 몸이 별로 좋지 않았기 때문에 위긴스 아줌마가 한크 대신 줄을 어깨에 걸고 마차를 끌었다. 그때 사람들이 갑자기 밖으로 쏟아져 나와 마차를 에워싸더니 암소가 마구를 멘 것을 보고 정신없이 웃었다. 그때 위긴스 아줌마는 상당히 화가 났다.

"사람들이 나를 보고 정신없이 웃는 꼴을 더 이상 못 참겠어."

그 뒤로 아줌마는 인적이 아주 드문 길에서만 마차를 끌곤

플로리다에 간 프레디

했다.

한편 집으로 돌아간다는 사실에 흥분한 동물들은 남쪽을 향해 출발했을 때보다 훨씬 더 빠른 속도로 여행을 했다. 그래서 출발한 지 얼마 안 되어 한크와 위긴스 아줌마가 총을 든 남자들에게 잡혀 있었던 붉은색 헛간과 흰 집이 있는 곳에 도착했다. 마침 두 남자는 대문 앞에 서서 이야기를 나누고 있었다.

동물들은 발걸음을 멈추고 어찌할 바를 몰라 멀뚱멀뚱 서로를 쳐다보기만 했다. 어떤 동물들은 어두워질 때까지 기다렸다가 남자들이 잠든 뒤에 조용히 지나가야 한다고 생각한 반면, 마음 급한 다른 동물들은 남자들이 총을 가지고 있지 않으므로 변장을 하고 그곳을 지나가자는 생각이었다.

그리하여 징크스는 마차에 실어 두었던 두 통의 페인트를 꺼낸 다음 막대기를 이용해 한크의 몸에 붉은색으로 줄을 그려 넣었다. 로버트의 몸에는 녹색의 가로줄 무늬가 생겨났고, 위긴스 아줌마의 몸에는 붉은색과 녹색의 물방울 무늬가 그려졌다. 징크스는 위긴스 아줌마의 뿔에도 줄무늬를 그려 넣고 싶어했지만, 웹 부부를 걱정한 아줌마가 허락하지 않았다.

변장을 마치자 검은색을 칠한 잭이 마차의 앞좌석에 자리를 잡고 앉았다. 잭은 외투를 입고 밀짚 모자를 쓰고 있었는데, 멀리서 보면 마치 몸집이 아주 작은 남자처럼 보였다. 그리고 프레디는 머리에 망토를 두르고 뒷좌석에 앉았다. 눈 주위에 동그라미를 그려 넣은 징크스는 마치 안경을 쓰고 있는 것처럼 보였는데, 그의 엄마조차도 알아보지 못할 정도였다.

덩치가 작은 나머지 동물들은 모두 마차에 올라타서 좌석 아래에 숨었고, 위긴스 아줌마는 로버트와 함께 마차 뒤에 섰다. 마침내 준비를 모두 끝낸 동물들은 남자들이 서 있는 곳을 향해 출발했다. 그들을 발견한 남자들은 입을 벌린 채 가만히 쳐다보기만 했다. 덩치가 큰 남자는 파이프를 입에 물고 있었는데, 파이프가 길 위에 떨어져 두 동강이 나도 아랑곳하지 않았다. 두 남자는 생전 처음 보는 별난 동물들의 모습 때문에 정신이 나가 있었다.

"저게 뭐야?" 마침내 덩치가 큰 남자가 한크를 발견하고는 물었다. "얼룩말인가?"

"아마 순례 서커스 단원들일 거야." 다른 남자가 말했다. "몸에 붉은색 줄무늬가 있는 말은 처음 보는데."

"뒷좌석에 앉아 있는 부인은 누구지?" 덩치가 큰 남자가 물었다. "이곳에 사는 사람은 아닌 것 같은데. 안 그래?"

"처음 보는 얼굴인데." 다른 남자가 대답했다. "마부한테 물어보지 그래."

덩치가 큰 남자가 외투에 밀짚 모자를 쓴 모습이 꼭 마부처럼 보이는 잭을 불러세우기 전에 마차는 그의 앞을 통과했고, 마침내 남자는 위긴스 아줌마를 발견했다.

"으악, 엄마야!" 남자가 비명을 질렀고, 두 남자 모두 대문

징크스는 위긴스 아줌마 몸에 물방울 무늬를 그려 넣었다.

동물들의 변장

을 풀쩍 뛰어넘더니 문 뒤에 몸을 웅크리고 숨어서 부들부들 떨었다.

"표범이다." 덩치가 큰 남자가 말했다. "저걸 좀 봐! 뿔 달린 표범이라고!"

"표범은 무슨 표범!" 다른 남자가 말했다. "저건 암소라고. 생긴 모양을 봐!"

"온몸에 붉은색과 녹색의 물방울 무늬가 있는 소가 어디 있어?' 덩치 큰 남자가 고집을 부렸다. "저건 표범이라고."

"젖소라니까." 다른 남자 역시 물러서지 않았다. "아마 이상한 홍역에 걸렸나 보지."

"만약 홍역 같은 몹쓸 병에 걸렸다면 아파서 꼼짝도 못할 거야." 덩치 큰 남자가 말했다. "분명히 표범이라고."

"홍역 중에서도 걸어다닐 수 있는 홍역이 있나 보지." 다른 남자가 친구를 몰아세웠다. "그런 홍역이 있다는 이야기를 들은 적이 있어. 분명히 저건 암소야."

"아니야!" 덩치 큰 남자가 소리를 질렀다. "표범이야."

"젖소야." 화가 난 다른 남자가 똑같은 말을 되풀이했다.

"표범이야!"

"젖소야!"

"표범!"

"젖소!"

화가 난 다른 남자가 덩치 큰 남자의 뺨을 세게 후려 갈겼

플로리다에 간 프레디

고, 마침내 동물들은 덩치 큰 남자가 다른 남자를 잡으러 들판을 가로질러 뛰어가는 모습을 보았다.

"젖소라고, 엉?" 화가 난 남자는 으르렁거렸다. "다시 그런 말 하기만 해 봐!"

그렇게 해서 점점 멀리까지 달려간 두 남자는 결국 시야에서 완전히 사라졌다.

그 뒤로 사오 킬로미터를 더 걸어간 동물들은 마침내 길 옆으로 흐르는 강물에 뛰어들어 몸에 묻은 페인트를 지워 내려고 했다. 그러나 아무리 세게 비벼도 페인트 자국은 좀체 지워지지 않았다. 강둑에 앉아 이 모습을 지켜보고 있던 징크스가 깔깔깔 웃어 댔다.

"이놈 잡히기만 해 봐라, 다시는 웃지 못하게 만들어 줄 테니까." 위긴스 아줌마가 이를 갈았다. "너, 페인트가 지워지지 않을 거라는 걸 알고 그랬겠다?"

"더 세게 문지르면 지워질 거예요." 징크스가 말했다.

"그래, 대신 내 가죽도 벗겨지겠지." 위긴스 아줌마가 쌀쌀맞게 대꾸했다.

"아무리 그래도 저를 잡진 못하실걸요." 징크스가 위긴스 아줌마를 놀렸다. "누가 늙은 젖소를 무서워하겠어요? 누가……"

바로 그때 물속에서 몰래 빠져나온 로버트가 징크스 뒤로 살금살금 다가가서 그의 목덜미를 움켜잡았다.

"요놈, 너 나한테 딱 걸렸다!" 로버트가 말했다. "프레디, 가서 붉은색 페인트 통 좀 가지고 와. 징크스도 우리처럼 만들어야지. 그래야 우리도 웃을거리가 생기지."

프레디는 로버트가 시킨 대로 붉은색 페인트 통을 가져 왔고, 로버트는 징크스를 들어올려 꼬리를 통 속에 집어넣으려고 했다. 원래 로버트는 징크스의 꼬리 부분만 붉은색으로 만들려고 했다. 그런데 징크스가 발버둥을 치는 바람에 징크스를 놓쳤고, 결국 징크스는 풍덩 하고 페인트 통에 빠지고 말았다.

통에 빠지자마자 바로 튀어나온 징크스는 마치 미친 고양이처럼 바닥에 구르고 나무에 몸을 문질러 댔다. 그러나 그의 털에 엉겨붙은 페인트는 좀처럼 떨어지질 않았다. 더구나 페인트 통이 별로 깊지 않아 몸의 일부분에만 페인트가 묻는 바람에, 몸의 앞부분은 여전히 검은색인 반면 몸의 뒷부분에만 붉은 물이 들었다. 그래서 누가 보아도 징크스는 동물들 가운데 가장 우스꽝스러운 모습을 하게 되었다.

이 사건이 있은 이후부터 사람들은 더욱 신기한 눈으로 동물들은 바라보았다. 분장을 하지 않았던 평범한 동물이었을 때 사람들이 한 번 쳐다보았다면, 붉은색과 녹색으로 온몸에 줄무늬와 물방울 무늬를 그려 넣은 다음부터는 몇 번 더 쳐다보게 되었던 것이다.

물론 그런 동물들의 모습에 겁을 집어먹는 사람들도 있었

플로리다에 간 프레디

다. 한번은 길옆에 누워 잠을 자고 있는 떠돌이 옆을 지나가게 되었는데, 앨리스가 그만 재채기를 했다. 원래 오리는 재채기 소리가 그렇게 크지 않지만, 떠돌이들 역시 한곳에서 깊이 잠을 자는 편이 아니기 때문에 그 남자는 깜짝 놀라 잠에서 깼다. 남자는 물끄러미 동물들을 쳐다보더니 자신의 살을 두세 번 세게 꼬집었다. 그리고는 꿈을 꾸고 있는 것이 아니라는 사실을 확인한 남자는 비명을 지르더니 달아나 버렸다. 누가 쫓아오기라도 하는 듯 있는 힘을 다해 달리는 통에 발이 땅에 닿지 않는 것처럼 보였다. 언덕을 뛰어 올라간 그는 언덕 뒤로 사라졌는데, 잠시 후 그 남자가 더 뒤쪽의 언덕을 뛰어 올라가는 모습이 보였다. 그는 처음 출발했을 때처럼 여전히 빠른 속도로 달리고 있었다. 어쩌면 그는 지금도 계속 달리고 있을지 모른다. 하지만 그를 탓할 수는 없는 일이다.

한편 동물들은 사람들이 자신들을 쳐다보는 것이 싫었다. 또한 두려움의 대상이 되는 것도 싫었던 그들은 주로 밤에 움직였다. 대신 낮에는 주로 잠을 잤는데, 해가 질 때쯤 잠자리에서 일어나서는 간단히 식사를 하고서 다시 길을 떠났다.

이 시기에는 아름다운 달빛이 밤하늘을 비추어 주어서 오히려 낮보다 밤에 여행하는 것이 훨씬 쉽고 기분도 좋았다.

달은 마치 하늘에 매달린 커다란 금빛 랜턴처럼 그들의 길을 밝혀 주었으며, 이따금씩 농장을 지키는 개가 동물들의 웃고 노래하는 소리에 잠에서 깨어나 졸린 목소리로 짖어 댔다.

가끔씩 사냥을 나온 족제비나 올빼미들 외에는 길에서 사람이나 다른 동물들을 만나는 경우는 거의 없었다. 그렇게 동물들은 쉬지 않고 농장을 향해 나아가고 있었다.

15
세 명의 강도

마침내 한밤중에 동물들은 비어 있던 통나무집과 금화 꾸러미를 발견했던 울창한 소나무 숲에 도착했다. 달빛이 환하게 비추고 있었지만, 숲 속은 매우 어두웠다. 동물들은 말을 거의 하지 않고서 천천히 걸음을 옮기고 있었는데, 모두들 금화를 마차에 싣고 돌아가면 빈 아저씨가 얼마나 좋아할까 하는 생각에 잠겨 있었다.

통나무집에 거의 다다랐을 때 로버트와 잭이 동시에 걸음을 멈추더니 냄새를 맡기 시작했다.

"담배 냄새가 나는데." 잭이 말했다. "그렇게 좋은 담배 같지는 않아."

"집 쪽이야." 로버트도 거들었다. "누군가 담배를 피우고 있어."

"정직한 사람들은 이 시각에 모두 잠을 자고 있지." 위긴스 아줌마가 말했다. "지금까지 잠을 안 자고 있는 사람이라면 분명 좋은 사람은 아닐 거야. 한크, 너랑 나는 이곳에 그냥 있고, 나머지 동물들은 통나무집으로 가서 누가 있는지 살짝 보고 오는 편이 낫겠다."

그리하여 프레디와 로버트와 잭과 징크스가 살금살금 통나무집으로 다가갔다. 가까이 다가가자 창문 안으로 불빛이 보였다.

"난 이런 거 정말 싫어." 징크스가 불평을 했다. "저 사람들이 우리 금화를 발견하지 못했어야 하는데."

"난 제비들이 깨어 있으면 좋겠어." 프레디가 말했다. "그러면 제비들에게 물어볼 수 있을 텐데. 할 수 없지 뭐, 우리 창문으로 살짝 들여다보자."

그리하여 그들은 살금살금 다가가서 창문 안을 들여다보았다.

방 안에는 세 남자가 테이블에 둘러앉아 사기 담뱃대를 빨고 있었는데 셋 모두 인상이 좋지 않았다. 모자를 푹 눌러쓰고 권총과 어두운 색의 랜턴을 들고 것으로 보아 한눈에도 강도임을 알아볼 수 있었다.

테이블 위에는 온갖 물건들이 산더미처럼 쌓여 있었다. 금시계와 돈지갑, 돈, 은수저, 귀걸이, 팔찌, 그리고 다이아몬드 반지까지 도둑이 가지고 있을 법한 물건들이 모두 모여 있었다. 그 물건들은 강도들이 소나무 숲 근처에 살고 있는 농부들에게서 빼앗아 온 것들이었다.

세 명의 강도 가운데 가장 덩치가 큰 강도가 빼앗은 물건들은 셋으로 나누고 있었다.

"이건 네 것, 이것도 네 것, 그리고 나머지는 내 것. 그리고 이건 네 것, 이것도 네 것. 그리고 이건 내 거."

하지만 그는 공정하지 않았다. 왜냐하면 "이건 네 것"이라고 말할 때는 작은 수저나 10센트 동전처럼 아주 값싼 물건들을 다른 강도 앞에 놓은 반면, "이건 내 것"이라고 말할 때는 금시계나 10달러짜리 지폐, 또는 다이아몬드가 박힌 보석 팔찌를 자신 앞에 끌어다 두었기 때문이었다. 하지만 나머지 두 강도들은 몸집이 작았기 때문에, 불만에 가득 찬 얼굴만하고 있을 뿐 감히 뭐라고 대들지 못했다.

한편 동물들이 들여다보고 있는 창문은 꽤 높은 편이었다. 다행히 두 마리의 개와 돼지 프레디는 앞발을 창문턱에 올려놓고 목을 쭉 빼서 방안을 들여다볼 수 있었지만, 키가 너무 작았던 징크스는 창문 위에 매달려 있어야 했다. 앞발이 날카롭고 강한 징크스는 이것을 별로 대수롭지 않게 여겼는데, 사실 그는 몇 시간이라도 그렇게 매달려 있을 수 있었다. 그런데 갈색의 커다란 나방이 문제였다. 강도들이 무엇을 하는지 궁금한 나방이 바로 징크스의 코앞에서 날개를 파닥이며 집안을 들여다보는 바람에 제대로 볼 수가 없었다.

처음에는 징크스도 점잖게 대했다. 조금만 위쪽으로 올라가면 나방도 잘 구경할 수 있고 자신도 방해를 받지 않을 거라며 부탁을 했다.

"네가 다른 데로 비켜!" 나방이 화가 나서 쏘아붙였다. "내가 먼저 왔단 말야."

"물론 그랬지." 징크스가 화를 꾹 참으면서 말했다. "하지만 나는 움직일 수가 없잖아. 그리고 내가 생각하기에⋯⋯."

"아이, 좀 조용히 해!" 나방이 말했다.

결국 징크스는 입을 다물었지만, 나방을 좀 혼내 주어야겠다고 생각했다. 그래서 한동안 기회를 엿보던 징크스는 나방을 딱 하고 때린 다음 창문에서 떼어 밖으로 던져 버렸다.

한편 징크스 옆에 서서 방 안을 구경하던 로버트는 생전 그런 광경을 처음 보는 듯한 표정을 하고 있었다. 그는 아주 신기하거나 놀라운 것을 보게 되면 두 눈이 휘둥그래졌는데, 그럴 때면 항상 입까지 크게 벌어졌다. 그때도 입을 크게 벌린 채 서서 강도들을 구경하고 있었는데, 징크스가 앞발로 때려 밖으로 던져 버린 커다란 갈색 나방이 그만 로버트의 목 안으로 떨어져 버렸다.

"아아!" 로버트가 신음 소리를 냈다. "으르렁!"

"무슨 일이지?"

세 명의 강도는 일제히 소리를 지르더니 깜짝 놀라 자리에서 일어나 탁자 위의 불을 끄려고 했다. 그런데 세 남자가 동시에 몸을 앞으로 구부리는 바람에 서로의 머리가 꽝! 하고 부딪혔다. 그 순간 불이 꺼져 버렸고, 동물들은 강도들이 머리를 문지르면서 신음 소리를 내는 소리 외에는 아무것도 볼 수 없었다.

한동안 동물들은 조마조마한 마음으로 지켜보았지만, 아무 일도 일어나지 않았다. 강도들은 매우 놀라 서로 뭐라고 소곤 거리는 것처럼 보였다.

마침내 징크스가 입을 열었다.

"남자들이 뭘 하는지 들어가서 보고 올게. 아까 이곳으로 왔을 때 보니깐 문이 조금 열려 있었는데, 그 틈으로 들어갈 수 있을 것 같아."

이 말을 남기고 징크스는 문으로 향했다. 정말로 문이 조금 열려 있었고, 다른 고양이들처럼 몸을 쭉 뻗어 몸을 가느다랗게 만든 징크스는 문틈으로 살며시 들어갔다.

방 안은 너무 어두워서 강도들은 아무것도 볼 수 없었지만, 원래 어둠속에서도 잘 볼 수 있는 징크스는 그들이 확실하게 보였다. 징크스는 벽난로 장식 위로 몸을 피해 그곳에 자리를 잡고 앉았다.

에드와 빌이라는 이름을 가진 덩치가 작은 두 남자가 구석에 서서 꺼진 랜턴을 열어 불을 붙이려고 하고 있었다. 하지만 자신들이 강도임을 보여 주기 위해 가지고만 다녔지 한 번도 랜턴을 사용해 본 적이 없는 그들은 랜턴을 여는 방법을 몰랐다. 퍼시라는 이름의 덩치 큰 남자는 훔쳐 온 물건들을 나누던 탁자 옆에 서 있었다. 그는 손으로 더듬더니 물건 더미 가운데 가장 커다란 물건을 잡아끌어서 자신의 몫으로 쌓아 놓은 물건 더미 위에 올려 두었다. 하지만 앞이 보이지 않았으므로 그는 곧 시계와 에메랄드 목걸이를 바닥에 떨어뜨리고 말았다. 그 소리에 에드와 빌이 깜짝 놀랐다.

"퍼시, 너 거기서 뭐하는 거야?"

빌이 쉰 목소리로 속삭였다. 그때 에드가 말을 가로챘다.

"저놈이 보석에 손을 대고 있어."

"아, 아니야!" 퍼시가 부인했다. "성냥을 찾고 있었어."

"그래? 정말이지?" 에드가 말했다. "그러면 이리로 와서 랜턴 여는 거나 도와줘."

퍼시는 서둘러 10달러짜리 지폐 뭉치를 주머니에 찔러 넣고는 그들이 있는 쪽으로 갔다.

"왜, 불을 켜지 않는 거지?" 그가 물었다. "우리는 안전하다고. 아까 그 소리는 아무것도 아니야."

"어쩌면 그럴지도 몰라." 빌이 말했다. "하지만 우선 랜턴을 가지고 주위를 한 바퀴 돌아봐야겠어. 자, 여기야. 뚜껑을 열 수 있는지 한번 봐."

강도들은 모두 난로가 근처에 모여 있었다. 퍼시가 랜턴을 받자 또 장난기가 발동한 징크스는 퍼시의 어깨에 앞발을 올려놓았다.

플로리다에 간 프레디

"아야!" 퍼시가 고함을 지르며 쾅 하고 랜턴을 떨어뜨렸다. "왜 핀으로 날 찌르는 거야?"

이 말과 함께 퍼시는 어둠속으로 주먹을 날려 빌의 코를 때렸다.

빌은 "쳇, 나는 널 건드리지도 않았단 말야."라고 말을 하려 했지만, 퍼시에게 주먹으로 얻어맞자 마음을 바꾸어 퍼시를 향해 달려들었다. 순식간에 두 사람은 엉겨붙은 채 바닥을 구르면서 서로 할퀴고 발로 차고 살쾡이처럼 머리카락을 잡아 당겼다.

두 사람은 테이블 가까이까지 굴러갔다. 그 모습을 지켜보던 에드는 두 사람이 테이블을 걷어차면 돈과 보석들이 모두 바닥에 쏟아져 버릴지도 모른다는 걱정에 주머니에서 성냥을 꺼내들었다. 그리고는 징크스가 앉아 있던 난로 장식에 대고 성냥을 그었다. 확 하고 성냥에 불이 붙었고, 마침내 에드는 그들이 다투는 모습을 보고 배를 움켜잡고 웃고 있던 징크스를 발견했다.

만약 여러분이 겁이 많은 강도인데 깜깜한 방에서 성냥에 불을 붙였을 때, 반은 검은색이고 반은 붉은색인 고양이가 바로 코앞에서 으르렁거리고 있는 모습을 보았다면, 여러분 역시 에드와 똑같이 행동했을 것이다. 결국 그는 성냥을 떨어뜨리더니 겁에 질려 비명을 질렀다. 그의 비명 소리를 들은 빌과 퍼시가 싸움을 멈추고 일어섰다.

"무슨 일이야?" 그들이 물었다.

"난로 선반에 검은색과 붉은색 털을 한 고양이가 나를 보고 웃고 있어!" 에드가 겁에 질린 목소리로 대답했다.

"멍청이!" 퍼시가 그를 나무랐다. 빌도 "말도 안 되는 소리!"라며 그의 이야기를 무시하더니 성냥에 불을 켰다. 그때 빌은 창문 가까이 서 있었는데, 마침 돼지 프레디가 창문에 코를 박고 안에서 무슨 일이 벌어지고 있는지 들여다보고 있었다.

이번에는 빌이 성냥을 떨어뜨리고 비명을 질렀다. "안경을 쓴 돼지가 창문을 통해 나를 보고 있어!"

그도 그럴 것이 프레디의 눈 주위에는 징크스가 페인트로 그려 놓은 동그라미 모양이 지워지지 않은 채 남아 있었기 때문이었다.

"멍청이!"

퍼시가 다시 중얼거렸다. 한편 빌과 에드는 아무 말도 하지 않았다.

잠시 침묵을 흘렀고, 그러는 동안 겁에 질린 세 강도는 다시 용기를 회복하여 성냥을 켜려고 했다. 그때 어둠을 뚫고 밖에서 바퀴가 굴러가는 소리가 희미하게 들려왔다.

"잘 들어 봐!" 퍼시가 속삭였다. "누군가 이리로 오고 있어. 내가 나가서 한번 보고 올게. 적어도 검은색과 붉은 색의 고양이나 안경을 쓴 돼지들은 아닐 거야."

플로리다에 간 프레디

그런 다음 그는 조용히 문을 빠져나갔다.

나머지 두 강도는 살금살금 문가로 다가가서 밖을 내다보았다. 비록 밖에는 달빛이 환했지만 집 주위를 빽빽하게 둘러선 나무들 때문에 길이 보이지 않았다. 그리고 잠시 뒤에 에드와 빌의 비명 소리보다 세 배나 더 큰 비명 소리가 들려왔다. 이어서 뛰어오는 발자국 소리와 함께 퍼시가 문 안으로 뛰어들어왔는데, 공포로 인해 두 눈이 금방이라도 튀어나올 것만 같았다.

"도망가! 빨리 도망가!" 그가 헐떡이면서 말했다. "저기 길에 호랑이가 끄는 마차가 있고, 마차 뒤에는 암소만큼 큰 표범이 있어. 표범의 머리에는 뿔까지 달렸다고. 빨리 도망가지 않으면 우리를 잡아먹을 거야!"

말을 마치자 퍼시는 숲 속으로 달려갔고, 그 뒤를 이어 나머지 두 명도 함께 뛰었다. 동물들은 나뭇가지들이 부러지는 소리와 함께 둔탁한 발걸음 소리가 점점 멀어지는 것을 들을 수 있었다. 그리고 그 뒤로 동물들은 다시는 에드나 빌, 퍼시를 보지 못했다.

당시 상황은 이러했다. 기다리는 데 지쳐 있던 위긴스 아줌마와 한크는 그때 마침 터져 나온 두 번의 비명 소리를 듣고 무슨 일이 일어난 것인지 알아보기 위해 동물들이 있는 곳으로 다가갔다. 그들은 퍼시가 문 밖으로 나오는 것을 보지 못했는데, 퍼시가 그들을 발견하고 비명을 질렀을 때, 사실은 동물들이 퍼시보다 더 놀랐다. 실제로 위긴스 아줌마는 기절을 해서 길가에 잠시 동안 누워 있기까지 했고, 찰스와 헨리에타가 날개로 부채질을 해 주었다.

"정말 간 떨어지는 줄 알았어!" 위긴스 아줌마가 말했다. "아휴, 세상에! 한크, 내 심장이 얼마나 뛰는지 발굽으로 어디 확인 좀 해 봐. 정말 끔찍한 일이었어!"

하지만 위긴스 아줌마는 곧 다시 일어나서 부축을 받으면서 집 안으로 들어갔다.

강도들은 훔친 물건들을 모두 놔둔 채 도망을 쳤다. 하지만 동물들은 성냥도 없었고 또 날도 어두웠으므로, 아침까지 그대로 두기로 했다. 그날 밤 동물들은 편안하게 바닥에 자리를 잡고 누워 잠이 들었다.

16
잃어버린 물건의 주인을 찾아주다

그날 밤 배가 많이 아팠던 앨리스는 잠을 푹 잘 수가 없었다. 로버트가 길에서 주운 사탕 봉지 안에 들어 있던 초콜릿 두 개와 캐러멜, 그리고 박하 사탕을 먹었기 때문이었다. 로버트는 엠마에게도 똑같은 것을 권했지만, 현명한 엠마는 거절을 했다. 사탕은 오리들에게는 좋은 먹이가 아니기 때문이었다.

아무리 노력해도 잠이 오지 않자 앨리스는 해가 뜨기 전에 잠자리에서 일어나 숲으로 나왔다. 차가운 아침 공기를 맞자 졸음이 온 그녀는 다시 잠을 자기로 마음을 먹었다. 그리고 커다란 소나무 아래에서 들어갈 만한 곳을 발견하고는 날개 아래에 머리를 파묻고 졸기 시작했다.

앨리스가 잠에서 깼을 때에는 태양이 밝게 빛나고 있었고,

제비들은 아침먹이를 찾아 마치 연기처럼 굴뚝에서 빠져 나오고 있었다.

앨리스는 한 제비에게 강도들에 대해 물어보았다.

"그들은 약 한 달 동안 이곳에 있었어." 제비가 대답했다. "밤이면 농부들의 집을 찾아가서 강도짓을 한 다음 다시 이곳으로 돌아와 하루종일 잠을 잤어. 강도들은 항상 이 시간쯤이면 돌아오곤 했으니까 너희들도 조심하는 게 좋을걸."

"오늘 아침에는 다시 돌아오지 않을 거야." 앨리스가 말했다. "그런데 강도들이 우리가 전에 이곳에서 찾았던 금화를 가져갔니?"

"아니." 제비가 대답했다. "그 금화엔 손도 대지 않았어."

"고마워." 앨리스가 제비들에게 말했다. "그게 정말 궁금했거든. 안녕."

앨리스는 보물이 안전하다는 것을 친구들에게 알리기 위해 서둘러 집으로 향했다. 하지만 집으로 돌아온 앨리스는 깜짝 놀라서 문 앞에 멈추어 섰다. 여동생 엠마가 커다란 블루 사파이어 목걸이와 팔찌를 찬 채 거드름을 피우며 걸어다니고 있었다. 게다가 엠마는 순금 조각을 이어서 만든 멋진 가방까지 날개 아래에 끼고 있었다

네 마리 생쥐는 목걸이를 한 듯 목에 다이아몬드 반지를 끼고는 구석진 곳에서 술래잡기를 하고 있었는데, 서로 찾으려고 뛰어다닐 때마다 다이아몬드 반지가 광선처럼 반짝였다.

플로리다에 간 프레디

헨리에타는 머리 위에 루비로 된 고리를 쓰고 있었는데, 그 모습이 마치 왕관을 쓴 왕비처럼 보였다. 헨리에타는 앞발을 이용해 분첩을 연 다음 분첩 뚜껑에 달려 있는 작은 거울에 자신의 모습을 비추어 보려고 몸을 앞으로 숙이고 있었다.

하지만 누구보다도 위긴스 아줌마의 모습이 가장 화려했다. 아줌마는 굵은 목에 진주로 된 줄을 두르고 있었으며, 왼쪽 발목에는 백금 손목 시계를 차고 있었다. 뿔마다 에메랄드 목걸이를 두르고 있었는데, 만족해 보이는 커다란 얼굴 옆에서 밑으로 늘어진 채 찰랑거리고 있는 목걸이들이 마치 커다란 귀걸이처럼 보였다. 또 커다란 코에는 분을 잔뜩 발라서 검은색 코가 밀가루처럼 하얗게 변해 있었는데, 그런 위긴스 아줌마의 모습은 엉뚱하기까지 했다.

한동안 할말을 잊은 채 가만히 서 있던 앨리스 역시 놀이에 가담했다. 다이아몬드와 진주 알이 박힌 가느다란 금줄을 발견한 앨리스는 목에다 그것을 둘렀다. 그리고는 분첩 뚜껑에 달린 거울 속의 자신의 모습에 정신을 빼앗기고 있는 헨리에타에게 다가가서 자신의 부리에 바를 분이 남아 있느냐고 물었다.

"하나도 없는데." 헨리에타가 말했다.

"미안해 앨리스." 위긴스 아줌마가 앨리스를 달랬다. "내가 다 써 버렸나 봐. 너도 알다시피 나는 분이 많이 필요하거든. 나도 내 모습을 볼 수 있었으면 좋겠어. 이 얼굴에 뭐 별로 나아지지도 않았겠지만 말야. 아마 지나치게 옷을 많이 차려 입은 청소부처럼 보이겠지. 암소는 아무리 치장을 해 봤자 거기서 거기야." 위긴스 아줌마가 슬프게 말했다.

그때 로버트와 잭이 장난을 치기 시작했다. 둘은 팔찌를 정확하게 여섯 개씩 나누어 가진 다음 꼼짝 않고 서 있는 위긴스 아줌마 뿔에 팔찌를 던져 넣는 시합을 했다. 하지만 둘 다 별로 성적이 좋지 못했고, 몇 차례 팔찌가 코에 부딪치자 위긴스 아줌마는 애써 바른 분이 다 떨어지겠다며 놀이를 그만하라고 일렀다.

그때 헨리에타가 입을 열었다.

"이 보석들을 다 어떻게 하지?"

"원래 주인들에게 돌려주어야지."

한크가 대답했다.

"좋아. 하지만 어떻게 우리의 의견을 전달할 수 있을까?"

헨리에타가 다시 물었다.

그 질문에 대해서는 한크도 대답을 할 수가 없었다. 그래서 그들은 이 문제에 대해 한참을 의논할 결과 마침내 한 가지 계획을 세우게 되었다.

동물들은 아침 식사를 마친 뒤 훔친 물건들을 모두 마차에 실은 다음 가장 가까운 곳에 있는 농장을 향해 출발했다.

농장에는 아무도 보이지 않았는데, 잭과 로버트가 시끄럽게 짖어 대자 마침내 한 아줌마가 무슨 일인가 밖을 내다보았

플로리다에 간 프레디

다. 아줌마는 덩치가 아주 크고 뚱뚱했는데, 위긴스 아줌마와 꽤 비슷해 보였다. 남편의 셔츠를 빨고 있던 아줌마는 비누 거품이 묻은 손을 앞치마에 닦으면서 나왔다.

"어머나 세상에!" 동물들이 마차 주위에 모두 모여 있는 걸 본 아줌마가 비명을 질렀다. "이게 다 뭐야, 서커스인가?"

한참이 지나서야 개들은 아줌마에게 그들이 뜻하는 바를 이해시킬 수 있었다. 개들은 아줌마와 마차 사이를 계속 오가면서 짖어 댔는데, 마침내 아줌마가 개들을 따라 마차가 있는 곳으로 갔다. 마차에 돈과 보석이 가득 쌓여 있는 것을 본 아줌마는 비명을 지르더니 헨리에타가 머리에 쓰고 있던 루비 고리를 움켜잡았다.

"어머나!" 아줌마가 비명을 질렀다. "작년 크리스마스 때 사촌 유니스가 내게 준 고리가 여기 있네. 한 달 전 강도를 당했었는데. 그리고 작년 페드로 클럽에서 상으로 받았던 에메랄드 목걸이도 있네. 어머 히램의 금 담뱃갑도 있어."

그녀는 집 모퉁이로 달려갔다.

"히램! 히램!" 그녀가 소리를 질렀다. "빨리 이리 와 봐요."

쉬고 있던 남편 히램이 곧 달려왔다. 그는 담뱃갑 옆에서 강도들이 빼앗아 간 20달러를 찾아냈다.

"세상에, 이 동물들이 어떻게 이런 것을 가지게 되었을까?" 그가 말했다. "강도들이 숨겨 놓은 물건을 찾아 낸 건 아닐까?"

"저도 모르겠어요." 아내가 대답했다. "하지만 동물들이 이 물건들을 우리에게 돌려준 것만은 확실해. 착하고 똑똑한 동물들 같으니! 너희 하나하나에게 내가 뽀뽀를 해 주마!"

실제로 아줌마는 쥐에게까지 뽀뽀를 해 주었는데, 쥐는 몹시 겁을 냈다. 또 위긴스 아줌마에게 뽀뽀를 해 주었을 때에는 얼굴에 분이 잔뜩 묻어 아주 우스꽝스러운 모습이 되었다.

"자, 나는 이 동물들은 데리고 에타 숙모네 집으로 가야겠어요. 금으로 만든 숙모의 수프 접시가 마차에 실려 있는 것을 보았거든요."

아줌마는 마차에 올라타고 동물들과 함께 그곳을 떠났고, 히램은 계속 쉬기 위해 헛간 이층으로 향했다.

에타 아줌마는 교양 있는 사람으로 매일 밤 현관에 앉아서 신문을 읽었는데, 날이 어두워져서 더 이상 글을 읽을 수 없게 되면 집 안으로 들어가 등잔불을 켜고 더 읽었다.

마침내 동물들이 몰고 온 마차에서 수프용 접시 외에 두 서너 가지 물건을 되찾은 에타 아줌마가 말했다.

"나는 이 동물들에 대해 알고 있지. 지난 주에 신문에 난 기사를 보았거든. 동물들은 지금 이주를 하고 있어. 겨울을 보내기 위해 북쪽을 떠나 플로리다로 출발했거든. 정말 얘네들은 똑똑해. 이제 봄이 가까워졌으니까 집으로 돌아가고 있는 것 같아."

"하지만 이런 속도로 가다가는 가을이 되어도 집에 도착하지 못하겠어요." 아줌마가 걱정을 했다. "이 물건들을 사람들에게 모두 돌려주려면 약 백 집은 방문해야 할 테니까요. 더 빠른 방법을 찾지 않으면 안 되겠는걸요."

"신문에는 광고가 아주 많이 실린단다." 에타 아줌마가 제안했다. "강도들이 훔쳐간 물건들이 모두 이곳에 있으니 사람들더러 와서 찾아가라고 광고를 내 보면 어떨까? 그러면 동물들이 온 마을을 찾아다닐 필요도 없게 되고, 하루 이틀 뒤면 집에 도착하게 될 거야."

조카 아줌마는 참 좋은 생각이라고 느꼈다. 동물들 역시 서로를 쳐다보면서 고개를 끄덕였고, 로버트는 큰 소리로 짖어 자신들도 같은 생각임을 알렸다. 그러자 에타 아줌마가 자리에서 일어섰다.

"내가 신문사에 당장 전화를 걸어서 오늘밤 광고를 싣도록 하지. 그런 다음 이 동물들에게 먹을 것과 잠잘 곳을 준비해 주자. 이렇게 먼 길을 왔으니 얼마나 피곤하겠니."

그리하여 에타 아줌마는 먼저 신문사에 전화를 건 다음, 헛간으로 가서 한크에게 줄 귀리를 가져왔다. 또 앨리스와 엠마에게는 오리 연못이 있는 곳을 알려 주었고, 아줌마네 집에서 키우던 오리들도 소개해 주었다.

개들에게는 뼈를 두 개 주었고, 쥐에게는 치즈 한 조각을, 징크스에게는 크림 한 접시를 내주었다. 또 찰스와 헨리에타를 위해 옥수수죽을 쑤어 주었고, 위긴스 아줌마는 아주 질

좋은 풀들이 자라고 있는 풀밭으로 끌고 갔다. 만약 웹 부부가 있다는 사실을 알았더라면, 아줌마는 분명 그들을 위해 파리를 잡아 주었을 것이다. 에타 아줌마는 그렇게 친절하고 너그러운 사람이었고, 금으로 만든 수프 접시를 되찾게 해 준 동물들에게 무척이나 고마워했다.

동물들이 제일 좋아하는 먹이를 준비해 준 에타 아줌마는 현관에 앉아 지난 6주 동안 신문에서 읽은 내용을 조카에게 하나도 빠짐없이 모두 들려주었다.

플로리다에 간 프레디

17
로버트와 자명종 시계

그 뒤로 이틀 동안 동물들은 에타 아줌마네 집에 머물렀는데, 위긴스 아줌마에 의하면 에타 아줌마는 친절 그 자체였다. 아줌마가 현관에서 신문을 읽을 동안 동물들은 아줌마 옆에 앉아서 아줌마가 준비해 준 맛있는 음식을 먹었다. 착한 동물들에 관한 소문을 들은 그 동네의 동물들이 찾아와 여행에 대해 물었다. 그들의 모험에 관심을 보이는 동물들이 많아지자 찰스는 친절하게도 둘째 날 저녁 커다란 헛간에서 연설을 하기도 했다. 강의의 제목은 '따뜻한 남쪽 나라로의 여행'이었는데, 연설은 대성공이었다.

드디어 셋째 날, 강도한테 물건을 빼앗긴 사람들이 모두 아줌마네 현관에 모였다. 그들은 모두 그날 신문에 실린 광고를 보고 물건을 찾기 위해 찾아온 사람들이었다. 흰색 천이 깔린 작은 테이블 위에 보석과 현금과 시계와 은제품들이 가지런히 올려졌고, 사람들은 자신들의 물건을 골라내기만 하면 되었다. 잃었던 물건들은 모두 되찾은 사람들은 동물들에 대해 칭찬을 아끼지 않았는데, 트리그라는 이름의 한 부인은 위긴스 부인이 두르고 있던 진주 줄을 되찾은 다음 이렇게 물었다.

"착하고 친절한 동물들에게 우리의 고마운 마음을 전해 줄 방법이 없을까요. 누구 좋은 생각 없어요?"

농부들과 그 아내들은 모두 손뼉을 치며 그녀의 의견에 찬성했다. 그리고 더욱 동물들을 극찬하기 시작했다. 하지만 동물들에게 보상을 해 줄 방법이 좀처럼 떠오르지 않았다.

그때 좋은 생각이 떠오른 로버트가 트리그 아줌마를 올려다보더니 세 번 짖었다.

"아마 이 개가 우리 말을 알아들은 것 같아요." 에타 아줌마가 말했다. "당신을 쳐다보는 눈길 좀 보세요."

로버트는 곧 부엌으로 달려가더니 걸음을 멈추고 뒤를 돌아보았다. 그러자 에타 아줌마와 트리그 아줌마가 그 뒤를 쫓아갔다. 로버트는 곧장 부엌의 한 선반으로 가더니 한 발을 선반 위에 올려놓은 뒤 어깨 너머로 그들을 향해 다시 짖었다.

선반 위에는 여러 가지 물건들이 있었다. 에타 아줌마의 사진, 결혼해서 로체스터에 살고 있는 아줌마의 딸 사진, 그리고 검은 색 짜깁기용 천 뭉치, 자명종 시계, 정육점 계산서, 나이아가라 폭포가 그려진 우편 엽서, 콩 일곱 알, 그리고 성냥 한 통이 먼지가 쌓인 채 놓여 있었다. 먼지가 그렇게 많은 것은 비록 에타 아줌마가 마음씨는 좋았지만 부지런한 주부는 아니었기 때문이었다. 아줌마는 신문을 읽는 데 너무 많은 시간을 보냈던 것이다.

"도대체 이 개가 어떤 물건을 보고 짖는 걸까?" 트리그 아줌마가 물었다.

"내 생각엔……" 에타 아줌마가 약간 얼굴을 붉히면서 말했다. "내 사진을 갖고 싶어하는 것 같은데!"

그러더니 사진을 집어서 로버트에게 주었다.

물론 로버트가 갖고 싶어 했던 것은 그 사진이 아니었다. 그러나 예의를 중요하게 생각했던 로버트는 거절하지 못하고 꼬리를 흔들면서 웃어 보였다. 그런 다음 앞발을 선반 위에 올려 놓더니 다시 짖었다.

"다른 게 또 갖고 싶은가 봐요." 트리그 아줌마가 말했다.

"도대체 뭐지?"

아줌마는 선반 위에 있는 물건들을 하나씩 만져 가면서 로버트의 얼굴을 살폈다. 아줌마의 손이 자명종 시계에 멈추었을 때, 로버트는 크게 짖어 댔고, 아줌마는 로버트가 무엇을 원하는지 알 수 있었다. 그리하여 에타 아줌마는 로버트에게 자명종 시계를 주었고, 사진과 자명종 시계를 받아든 로버트는 동물들에게 그것들을 보여 주었다.

"찰스," 로버트가 입을 열었다. "빈 아저씨를 위해 자명종 시계를 얻어 왔어. 이제 집에 가면 아침 일찍 일어나지 않아도 돼."

말을 들은 찰스는 무척 기뻤다.

저녁이 되자, 사람들은 모두 마차나 자동차를 타고 집으로 돌아갔다. 귀중한 물건을 되찾게 되어 몹시 기분이 좋아진 사람들은, 누군가 노래를 부르기 시작하자 모두 따라 불렀다. 사람들이 자기 집에 도착할 때까지 합창은 계속되었고, 그 모습이 상당히 감동적이었다.

곧 모두들 돌아가고 현관에는 에타 아줌마와 조카, 트리그 아줌마 그리고 길 건너편에 사는 하켄부트라는 뚱뚱한 아줌마만 남았다.

"그런데 말야." 에타 아줌마가 말을 꺼냈다. "동물들이 이 물건들을 다 찾아줬는데 사진 한 장이랑 자명종 시계는 너무 적은 것 같아."

"그래 너무 적어요." 에타 아줌마의 조카가 맞장구를 쳤다. "하지만 뭘 더 줘야 할지 모르겠는데. 아줌마는 좋은 생각이 있으세요?"

"아, 좋은 생각이 떠올랐다." 하켄부트 아줌마가 갑자기 말했다. "저 끔찍한 페인트 칠을 지워 주기로 해요. 내가 보니까 고양이가 한 시간 동안이나 페인트 칠을 한 곳을 혀로 닦

"빈 아저씨를 위해 자명종 시계를 얻어 왔어."

로버트와 자명종 시계

아 내고 있더군요. 아마 페인트를 지우고 싶은가 봐요. 그러니까 우리가 깨끗이 닦아 줘요."

"그러면 되겠네요." 에타 아줌마가 말했다. "뜨거운 비눗물만 있으면 뭐든지 다 씻을 수 있다고 내가 늘 말했잖아요."

하지만 고양이들이 차가운 물보다 더 싫어하는 것이 있다면 그것은 바로 뜨거운 물이었다. 그러므로 그들의 대화를 듣고 있던 징크스는 즉시 현관 아래로 기어들어가 꼼짝도 하지 않았다. 한크와 위긴스 아줌마 역시 그곳에 몸을 숨기고 싶었지만 덩치가 너무 커서 기어들어갈 수가 없었다. 한편 피하는 것은 비겁한 일이라고 생각한 로버트와 프레디는 점잖게 현관에 앉아서 아줌마들이 물을 데운 다음 목욕통을 밖으로 들고 나올 때까지 기다렸다.

하켄부트 아줌마와 에타 아줌마의 조카가 소매를 걷더니 빨래 솔을 들고 일을 시작했다. 그들이 계속해서 문지르자 마침내 동물들의 피부에 묻어 있던 두꺼운 페인트가 떨어져 나갔다.

"생각했던 것만큼 나쁘진 않네." 위긴스 아줌마가 말했다.

"아주 기분이 좋은걸요." 한크도 거들었다. "저는 빈 아저씨가 왜 매주 토요일 저녁마다 목욕을 하는지 이해가 가지 않았었는데, 이제는 목욕을 좋아하는 이유를 알 것 같아요."

몸에 묻어 있던 페인트가 어느 정도 지워지자, 아줌마는 동물들을 펌프가 있는 쪽으로 데리고 가서 시원한 샘물로 헹구

플로리다에 간 프레디

어 주었다. 그러나 징크스는 다른 동물들이 모두 목욕을 끝낼 때까지 꼼짝도 하지 않았고, 그 뒤로도 다른 사람들의 눈에 띄지 않으려고 조심했다.

동물들은 그날 밤을 에타 아줌마의 집에서 보냈다. 그들은 그곳에 더 오래 머무르고 싶었지만, 빈 아저씨가 기다리고 있다는 것을 잘 알고 있었으므로 출발을 서둘렀다. 동물들은 곧 숲 속의 통나무집으로 가서 금화를 파낸 다음 마차에 옮겨 실었다.

"자, 이제 우리의 모험은 끝났어." 프레디가 말했다. "우리는 다시 따뜻한 집으로 돌아가게 될 거야. 빨리 집에 갔으면 좋겠다."

"그래." 위긴스 아줌마가 맞장구를 쳤다. "적어도 올해의 우리의 모험은 끝이 났어."

그러나 그것은 위긴스 아줌마가 잘못 생각한 것이었다. 지금까지 겪었던 일들보다 훨씬 흥미로운 모험이 집으로 향하는 그들을 기다리고 있었다.

18
또다시 나타난 검은 콧수염

특별한 사건 없이 며칠이 흘렀다. 동물들은 하루에 사십 킬로미터씩 꾸준히 걸어갔는데, 이제는 걷는 것에 익숙해져서 오래 걸어도 피곤함을 느끼지 않게 되었다. 당시 동물들이 만난 사람들은 대부분 소문을 통해 이미 그들에 대해 알고 있던 이들로, 관심을 보이기는 했지만 괴롭히지는 않았다. 마차 바닥에는 금화가 잔뜩 쌓여 있었는데, 동물들이 천으로 금화를 덮어 놓아 그곳에 그런 귀한 것이 있다는 것을 아무도 눈치채지 못했다.

마침내 어느 날 아침, 동물들은 웹 부부가 빠진 적이 있는 강가의 다리에 도착했다. 강물을 보자 웹 부부는 잔뜩 흥분을 해서, 웹 아저씨는 위긴스 아줌마의 왼쪽 뿔 위로, 웹 아줌마는 오른쪽 뿔 위로 올라갔다. 그리고는 그곳에 앉아 주위를 돌아보며 "여보, 여기 기억나요?" "당신도 기억나요?" 하며 서로 큰 소리로 이야기를 주고받았다. 웹 아줌마는 고생했던 때를 기억하고는 그만 눈물을 흘리기 시작했다. 그러자 웹 아저씨가 서둘러 위긴스 아줌마의 오른쪽 뿔에서 내려와 왼쪽 뿔로 달려가더니 여덟 개 다리 가운데 팔 역할을 하는 다리로 아내의 등을 서투르게 다독이며 말했다.

"자, 에멜린! 그만 울어!"

그러자 웹 아줌마가 직접 짜서 만든 작은 손수건을 꺼내 눈물을 닦더니 울음을 멈추었다.

동물들이 다리를 건너 마을을 통과한 다음 다시 시골로 나오자 잭이 말했다.

"너희들만 괜찮다면 마차를 좀 타고 싶은데. 조금 있으면 내가 살던 마을에 도착하는데, 내 주인이었던 남자가 나를 볼까 봐 말이야. 만약 그렇게 되면 일이 복잡해질지 몰라."

그러자 위긴스 아줌마가 킬킬거리며 웃었다.

"그 남자를 생각할 때마다 웃음이 나는군. 내가 집어던졌을 때 고무공처럼 자동차 위에서 퉁기던 모습이 가관이었지. 형편없는 겁쟁이 같으니라고. 크고 시커먼 수염이 아까울 정도였어."

"맞아." 잭이 마차 위에 올라와 천 안으로 몸을 숨기면서 말했다. "하지만 되도록 빨리 이곳을 빠져나가는 것이 좋겠어. 그 사람 성질이 아주 괴팍해서, 우리한테 복수를 하려고 단단히 벼르고 있을지 몰라."

"우리는 어떻게 해서든지 이 돈을 지켜야 돼."

헨리에타가 말했다. 그리하여 그들은 발걸음을 서둘렀고,
검은색 수염을 한 남자가 살고 있는 농장으로 향하는 길을 금
방 통과할 수 있었다. 잠시 뒤에 동물들은 위긴스 아줌마가
빠졌던 강가에 도착했다.

"이젠 안심이다." 잭이 말했다. "주인은 이 길을 잘 다니지
않거든. 하지만 만약을 대비해서 이대로 조금 더 가는 편이
좋겠어."

계곡을 가로지르는 길을 따라 몇 킬로미터를 더 가자 높은
언덕이 나타났다. 오후가 다 된 시각에 그곳까지 빠른 걸음으
로 서둘러 온 동물들은 갈증을 느끼고 있었는데, 마침 언덕을
조금 올라간 곳에서 길을 가로질러 흐르는 시냇물을 발견하
고는 모두들 기뻐했다.

동물들은 그곳에서 수영을 하기로 했다.

"이곳이 기억나." 로버트가 말했다. "우리가 출발했던 날
이곳에서 쉬어갔지. 그리고 나서 바로 검은색 수염을 기른 그
남자를 처음 이곳에서 만났어."

"그래, 맞아, 그랬었지!" 다른 동물들이 맞장구를 쳤다. "그
렇다면 거의 집에 다 왔네! 지금 당장 출발하면 자정이 되기
전에 빈 아저씨 농장에 도착할 수 있겠다."

농장이 머지 않았다는 것을 알게 된 동물들은 대부분 당장

그곳을 출발하기를 원했다. 그러나 찰스가 그들을 말렸다.

"빈 아저씨와 아줌마, 다른 동물들이 다 자고 있는 한밤중에 농장에 도착하고 싶지는 않겠지? 그러면 조금도 재미가 없잖아!"

프레디도 거들었다.

"집에 도착하면 너무 피곤해서 그들에게 여행에 관한 이야기를 제대로 들려주지도 못할 거야. 또 그들도 너무 졸려서 우리 이야기를 들으려고 하지 않을 거고. 차라리 오늘밤은 이곳에서 자고 내일 아침에 출발하는 것이 좋겠어. 그러면 저녁 때쯤 농장에 도착하게 될 거야."

"그게 좋겠다." 한크도 동의했다. "오늘은 너무 많이 걸었어. 나는 정말 더는 못 걷겠다. 너희들이야 괜찮겠지만, 나는 마차까지 끌고 있잖아. 마차에 쌓인 금화가 빈 아저씨와 아줌마 무게를 합친 것보다 더 무거워."

그리하여 그들은 마차를 나무 아래에 세워 놓고 물속으로 뛰어들어 물장구를 치기 시작했다. 아직 초봄이었기 때문에 물은 무척 차가웠다. 하지만 고양이를 제외한 다른 동물들은 사람들과 달리 찬물을 싫어하지 않았다.

한편 조금만 더 가면 그리운 집에 도착하게 되고, 또 그곳에서는 별일이 없을 거라고 안심을 한 동물들은 주위에 대해 별로 신경을 쓰지 않았다. 그처럼 수영하는 데에만 정신이 팔려 있던 동물들은 수풀에서 누군가 날카로운 시선으로 자신들을 지켜보고 있다는 것을 눈치채지 못했다. 또 검은색 수염을 한 남자의 아들이 바스락거리며 수풀을 헤치고 걸어가는 소리도 전혀 듣지 못했다. 마차가 있는 곳으로 살그머니 다가간 소년은 금화 더미를 덮어 놓은 숄을 들추고 그 안을 살짝 들여다보았다. 동물들이 물에서 나와 강둑을 뛰어다니며 몸을 말리고 있을 때에는 소년은 이미 사라진 뒤였다.

피곤했던 동물들은 그날 밤 일찍 잠자리에 들었다. 잠을 자기 전 로버트와 찰스와 잭은 자명종 시계를 맞춰 놓았는데, 에타 아줌마로부터 선물을 받은 뒤로는 매일 밤 그렇게 했다.

그들이 자명종 시계를 맞추는 방법은 이러했다. 먼저 잭이 입으로 시계를 물고 있으면, 로버트가 이빨로 태엽 부분을 돌렸다. 어떤 때에는 30분 가까이 시간이 걸리기도 했지만, 동물들은 항상 이런 방식을 택했다. 일단 시간이 정해지면, 이번에는 자명종을 감았다. 하지만 아침에 일어날 시각을 맞추어 놓는 장치가 너무 작았기 때문에 로버트나 잭은 도저히 할 수가 없었다. 그리하여 로버트와 잭이 태엽을 다 감아 놓으면 찰스가 부리를 이용해 일어날 시각에 맞추었다. 그날 밤에는 다섯 시로 시간을 맞추어 놓았다. 빨리 출발하고 싶었기 때문이었다.

한편 동물들은 매일 밤 돌아가면서 금화를 지켰는데, 오늘 밤에는 찰스와 헨리에타의 차례였다.

다른 동물들은 개울가 작은 다리 아래에서 따뜻하고 편안한 장소를 발견했다. 동물들이 모두 저녁 인사를 마치고 잠자리에 들자 수탉과 그의 아내는 마지막으로 주위를 둘러보았다. 이상이 없는 것을 확인한 부부는 마차 위로 날아 올라가 앞좌석 등받이 위에 자리를 잡고 앉아서 머리를 날개 아래에 파묻었다.

하지만 곧 비가 내리는 바람에 동물들은 오래 잠을 잘 수가 없었다. 처음에는 비가 아주 조금씩 내리기 시작했다. 잠이 덜 깬 상태에서 눈을 뜬 찰스는 조금 몸을 움직이더니 우산처럼 생긴 마차 지붕을 두드리는 단조로운 빗방울 소리에 다시 잠이 들었다. 그러나 가랑비는 소나기로 변하더니 마침내 천둥 번개까지 치기 시작했다. 비를 맞아 깃털이 자꾸 젖게 되자 마침내 찰스도 다시 눈을 떴는데, 헨리에타가 옆에서 부리로 그의 어깨를 두드리고 있었다.

"찰스, 어서 일어나요!" 헨리에타가 찰스를 깨웠다. "이러다가는 비를 너무 많이 맞아서 죽겠어요."

"그럴 리가 있나!" 찰스가 말했다. "이곳에서 더 있으면 안 되겠어. 여보, 우리 다리 아래에 있는 다른 동물들에게로 갑시다."

"그러면 안 될 것 같은데요." 헨리에타가 시무룩하게 말했다. "우리는 여기서 금을 지켜야 하잖아요. 차라리 뒷좌석에 있는 숄 안으로 들어가서 비를 피해요. 자, 어서 가요."

"하지만 쥐들이 그곳에서 자고 있어." 찰스가 우겼다. "이니가 얼마나 심하게 코를 고는지 당신도 알잖아. 분명 한 잠도 못 잘걸."

하지만 이미 남편의 말을 듣고 있지 않았던 헨리에타는 뒷좌석으로 뛰어내렸고, 찰스는 "정말 한 잠도 못 잔다니까! 여보!"라는 말을 되풀이하면서 그녀의 뒤를 따라갔다. 하지만 따뜻하고 포근한 숄 안으로 들어가서 잠들어 있는 쥐들을 옆으로 밀치고 자리를 차지하자마자 찰스는 곧 잠이 들었다. 이니가 코를 고는 것은 사실이었지만, 아주 덩치가 작은 생쥐였기 때문에 소리는 별로 크지 않았다.

바로 그때 사촌 아우구스투스는 악몽을 꾸고 있었다. 눈이 빨간 삼색 얼룩 고양이 네 마리가 그의 뒤를 쫓아오고 있었는데, 고양이의 모습이 마치 빈 아저씨네 농장 옆 시청에서 살고 있는 숙모집을 방문했을 때 본 적이 있는 톰 아저씨네 오두막집의 탐색견들과 같았다. 사촌 아우구스투스는 종종 저녁을 너무 많이 먹었을 때(물론 기회만 닿는다면 항상 저녁을 배불리 먹으려고 했다)는 이렇게 악몽을 꾸면서 겁에 질린 듯 찍찍거리고 울었다.

사촌 아우구스투스가 갑자기 다리를 버둥거리며 신음 소리를 내고 꼬리를 이리저리 흔드는 통에 어크와 퀵과 이니는 할 수 없이 잠에서 깨어나 그를 흔들어 깨웠다. 하지만 이처럼 소란스러운 가운데에서도 찰스는 태평스럽게 잠만 자고 있었다. 보다 못한 헨리에타가 남편의 목을 부리로 쪼면서 깨웠다.

"찰스! 일어나요! 이 쥐들을 좀 어떻게 해 보라고요. 계속 이렇게 난리들이니 원! 이렇게 야단법석을 떠는 것은 생전 처음 본다니까! 도대체 다른 이들은 조금도 생각을 해 주지 않아요."

결국 찰스는 날개 아래로 빼꼼이 얼굴을 내밀었다. 숄을 쓰고 있어서 그는 아무것도 볼 수 없었지만, 아우구스투스가 잠에서 깨어나 "아휴! 죽는 줄 알았네. 무슨 꿈이 이렇담!" 하고 투덜대는 소리를 들을 수 있었다.

"이봐, 어이!" 찰스가 졸음을 쫓으면서 무섭게 말하려고 애를 썼다. "왜들 그래? 좀 조용히 못하겠나? 다른 이들도 좀 자야 할 거 아냐!"

"사촌 아우구스투스가 악몽을 꿨어요." 어크가 사정을 설명했다. "하지만 이젠 괜찮아요."

이 말을 들은 찰스는 흡족해져서 다시 날개 속에 머리를 파묻으려고 했는데, 헨리에타가 다시 그를 쪼았다. 그래서 그는 퉁명스럽게 말했다.

"하지만 우리는 벌써 잠이 깼는걸. 무슨 말인지 알겠어? 잠을 잘 수가 없다고! 이런 식으로 방해를 받고 싶지 않아. 그러니까 너희 생쥐들은 어디 다른 데 가서 자는 편이 좋겠어. 다른 동물들처럼 조용히 잠을 잘 수 없다면 말야."

헛간 마당에서 고고한 걸음을 뽐내며 멋진 연설을 하던 모

습 때문에 찰스를 약간 어려워하고 있던 생쥐들은 한 마디 대
꾸도 하지 못한 채 마차 밖으로 얌전히 기어나와 다른 동물들
이 자고 있는 다리 밑으로 향했다.

"비록 생쥐들이었지만, 당신도 생전 처음 용감하게 맞서 싸
웠구려."

헨리에타가 말했다. 하지만 금방 다시 잠이 든 찰스는 그녀
의 칭찬을 듣지 못했다.

이제 째깍거리는 자명종 시계와 찰스의 조용한 숨소리 외
에는 아무 소리도 들리지 않게 되자 헨리에타 역시 곧 잠이
들었다. 헨리에타가 다시 눈을 떴을 때는 아직 사방이 어두웠
다. 처음 얼마 동안에는 왜 잠을 깼는지 그녀도 잘 몰랐다. 바
로 그때 조용히 삐거덕거리는 소리가 들리더니 마차가 한쪽
으로 기울었다. 그리고 마차가 움직이기 시작했다! 무언가,
아니면 누군가 마차를 끌고 있었다!

헨리에타는 격렬하게 찰스를 쪼아 댔고, 찰스는 신음 소리
를 내며 잠에서 깼다.

"아휴, 정말, 헨리에타! 이번엔 또 무슨 일이야? 날 좀 가만
내버려두면 안 돼?"

"쉿!" 그녀가 속삭였다. "마차가 움직이고 있는 걸 모르겠
어요? 누군가 끌어가고 있다고요! 금화를 훔치려고요!"

찰스의 두 눈이 휘둥그레졌다. 그는 숄 밖으로 고개를 내밀
고 주위를 살폈다. 동물 같기도 하고 사람 같기도 한 두 물체

가 마차를 끌고 언덕을 내려가고 있었는데, 다리가 보이지 않는 것으로 봐서 한크가 마차를 세워 두었던 곳에서 한참을 온 것 같았다.

"우리가 망을 보지 않아서 이런 일이 생긴 거예요." 그 옆에서 머리를 떨군 채 헨리에타가 속삭였다. "당신이 이 숄 안으로 들어오지 않았더라면 무슨 일이 일어나는지 알 수 있었을 텐데."

"하지만 당신도 숄 안으로 들어왔잖아." 찰스가 따졌다. "당신도 나만큼 잘못이 있다고. 하지만 지금 어떻게 하겠어? 내가 아무리 큰 소리로 울어 봤자, 이렇게 비가 억수처럼 쏟아지는데 동물들이 내 목소리를 들을 수나 있겠어?"

"우리 가운데 하나가 마차에서 뛰어내려 동물들에게 이 사실을 알려야 돼." 헨리에타가 말했다. "하나는 여기에 남아서 마차가 어디로 가는지 살펴야 하고요. 찰스, 당신이 가는 편이 좋겠어요. 내가 마차에 남을게요."

찰스는 너무 겁이 나서 비가 쏟아지는데도 밖으로 나가라는 명령에 불평을 할 수가 없었다. 다만 되도록 빨리 이 마차에서 벗어나고 싶은 마음에 그는 겁을 먹은 여느 수탉들처럼 큰 소리고 꽥! 하고 울면서 마차에서 뛰어내렸다. 그런데 그의 발이 숄 가장자리에 걸리고 말았고, 그가 숄을 떼어 버리기 전에 마차를 끌고 있던 한 물체가 뒤쪽으로 달려오더니 찰스를 낚아챘다. 미처 몸을 피하지 못한 헨리에타 역시 같이 잡히고 말았다. 그들을 잡은 물체는 다름 아닌 지저분한 얼굴의 소년이었다.

"아빠!" 소년이 소리쳤다. "금화에다가 여기 일요일 저녁에 먹을 통통한 닭 두 마리까지 잡았어요."

찰스와 헨리에타는 꽥꽥거리며 발버둥을 쳐 보았지만 소년은 요지부동이었다. 잠시 뒤에 검은색 수염을 한 남자가 오더니 그들의 다리를 줄로 묶은 다음 마차 앞좌석 밑에 거칠게 집어던져 버렸다.

"이제 만족해요?" 헨리에타가 찰스를 원망했다. "아무 짝에도 쓸모없는 수탉 같으니라고. 정말 최악이야! 그 멍청한 입 좀 다물고 있으면 안 돼요? 세상에, 당신 때문에 이렇게 완전히 엉망이 되었다고요!"

헨리에타는 계속 남편을 욕했다. 하지만 찰스 귀에는 아내의 이야기가 전혀 들어오지 않았다. '일요일 저녁이라고?' 찰스는 생각했다. '일요일 저녁이라! 내 평생 그렇게 오랫동안 여행을 하고, 그 많은 것을 보고 그 많은 고생을 했는데, 결국에는 일요일 저녁 식탁에 오른다고! 아마도 찜닭이 되어서 전혀 모르는 사람들의 입으로 들어가겠지!'

찰스는 결국 울음을 터뜨렸다.

19
웹 아저씨의 파리 전쟁

그날 밤 동물들은 금화를 도난당하고 찰스와 헨리에타가 끔찍한 운명에 휘말리게 된 것을 전혀 모른 채 다리 밑에서 달콤한 잠을 즐겼다.

아침이 되자 로버트가 제일 먼저 눈을 떴다. 비는 이미 그쳐 있었지만, 사방에 짙은 안개가 깔려 있었다.

"이런." 로버트가 깜짝 놀라면서 말했다. "너무 늦었군! 다섯 시에 자명종 시계가 울렸을 텐데 왜 그 소리를 듣지 못했지? 이봐, 프레디!"

로버트는 자고 있는 동물들을 깨웠다.

"한크! 일어나! 벌써 두 시간 전에는 이곳을 출발했어야 했다고."

프레디가 자명종 시계가 고장이 났는지 알아보기 위해서

밖으로 나간 지 얼마 지나지 않아 동물들도 모두 잠에서 깼다. 갑자기 프레디가 헐레벌떡 뛰어들어왔다.

"시계가 없어졌어! 찰스랑 헨리에타도 없고 마차도 없어. 모든 것이 사라졌어. 아마 찰스가 보물을 가지고 도망쳤나 봐."

"말도 안 되는 소리 하지 마." 위긴스 아줌마가 나무랐다. "비록 그렇게 하고 싶더라도 찰스는 그럴 수 없어. 그리고 또 그럴 애도 아니고. 내가 무슨 일인지 직접 알아봐야겠어."

다른 동물들이 위긴스 아줌마를 따라나섰다. 그들은 마차가 있던 곳에 가 보았지만 정말 그곳에는 아무것도 없었다. 하지만 사방에 진흙 발자국이 나 있었고 또 진흙 길을 따라서 마차 바퀴 자국이 선명하게 남아 있었기 때문에 그들은 당시 상황을 짐작할 수 있었다.

"찰스랑 헨리에타가 숄 밑에서 잠을 자고 있었어." 어크가 당시를 회상했다. "우리더러 나가서 자라고 했거든. 아마 잠자고 있는 사이에 붙잡힌 것 같아. 그래서 우리한테 도와달라고 소리도 질러 보지 못한 것 같아."

"여기 찰스 꼬리 깃털이 떨어져 있어." 앨리스가 소리를 질렀다. "붙잡히지 않기 위해 몸부림을 쳤나 봐."

앨리스는 그런 행동을 보인 찰스가 아주 대단해 보였다.

"지금 마차 바퀴 자국을 따라가 보자." 로버트가 제안했다. "마차를 끌고 간 곳을 찾아내면, 찰스와 헨리에타를 구할 수

플로리다에 간 프레디

"시계가 없어졌어!" 프레디가 헐떡이며 말했다.

있을 거야."

그리하여 바퀴 자국을 따라 언덕을 내려간 그들은 플로리다에서 왔던 길을 거슬러갔다. 마침내 그들은 검은색 수염을한 남자의 집으로 향하는 길로 접어들었다.

동물들은 친구를 구하기 위해 안개를 헤치며 걸어가면서아무 말도 하지 않았다. 마차를 훔친 범인이 바로 검은 수염을 한 남자임을 이미 눈치챈 동물들은, 위험하고 포악한 사람과 싸워 이긴다는 것은 상당히 어려운 일이라는 것을 알고 있었기 때문이었다. 웹 부부까지도 마음이 무거웠다.

"그는 아주 나쁜 사람이야." 웹 아저씨가 아줌마에게 말했다. "아마 우리를 보자마자 짓눌러 버리고 말 거야."

이 말을 들고 웹 아줌마는 덜덜 떨었다.

곧 남자의 집 근처에 도착했다. 잭이 먼저 제안을 했다.

"내가 앞장을 서는 편이 좋겠어. 나는 이곳에서 살았으니까길을 잘 알고 있잖아."

그리하여 잭이 안내하는 대로 동물들은 뒷길을 통해 헛간창문을 들여다볼 수 있는 지점에 도착했다. 다행히 마차는 헛간 안에 있었는데, 다 낡은 자동차와 나란히 놓여 있었다. 하지만 금화는 보이지 않았고, 찰스와 헨리에타도 그곳에 없었다.

안개가 짙게 깔려 쉽게 눈에 띄지 않았지만, 동물들은 검은수염을 한 남자가 밖으로 나와 혹시 자신들을 발견하지 않을까 하는 두려움에 헛간 근처에 계속 있을 수가 없었다. 그리하여 생쥐들이 집 안으로 몰래 들어가 찰스와 헨리에타가 있는지 알아보는 동안 다른 동물들은 다시 돌아가서 길 아래쪽에서 쥐들을 기다리기로 했다.

한참이 흐른 뒤 생쥐들이 돌아왔다. 친구의 소식이 궁금한 동물들이 생쥐 주위에 몰려들었다.

"찾았어?" 동물들이 물었다. "그래 모두들 괜찮아? 돈도 어디 있는지 알아냈어?"

"아무것도 찾지 못했어." 어크가 대답했다. "집 안에도 들어가지 못했는걸. 그런 집은 생전 처음이야! 어느 곳에도 틈을 발견할 수가 없었고, 그나마 있던 쥐구멍에도 철 조각이 둘러져 있었어. 굴뚝에는 연기가 나오고 있었기 때문에 들어갈 수가 없었고. 그놈은 정말 보통 놈이 아니야!"

"하지만 그들은 분명 그곳에 있을 거야." 퀵이 말했다. "목소리를 들었거든. 그리고 찰스의 울음소리도 들렸어."

"아휴 불쌍해라." 위긴스 아줌마가 말했다. "우리 뿔이랑 발톱이라 부리랑 말발굽으로 집 전체를 박살내는 한이 있더라도 반드시 그를 구해내야 해! 안 그래, 얘들아?"

"당연하지! 반드시 그렇게 하고야 말겠어!" 동물들이 결심한 듯 외쳤다.

"하지만 제일 먼저 우리는 찰스와 헨리에타가 어디에 있는지 확인을 해야 돼." 위긴스 아줌마가 이야기를 계속했다.

"그리고 돈이 있는지도 알아내야 하고. 그런 다음 계획을 세우자. 누구 다른 의견 있어?"

"저도 의견을 내고 싶은데요."

웹 아저씨가 소리를 질렀다. 그러나 아무도 그의 목소리를 들을 수 없었다. 그러자 아저씨는 위긴스 아줌마의 귓가로 기어가서 쿵쿵 하고 발을 굴려 아줌마를 간지럽힌 다음 아줌마에게 의견을 전했고, 아줌마가 웹 아저씨의 의견을 다른 동물들에게 설명해 주었다. 웹 아저씨는 로버트가 자신을 문 앞까지만 데려다 준다면 열쇠 구멍을 통해 집 안으로 들어갈 수 있을 거라고 말했다.

모두들 웹 아저씨 의견에 찬성했지만, 웹 아줌마만은 아저씨의 계획이 너무 위험하다고 생각했다. 실제로 아줌마는 아저씨를 걱정한 나머지 울음을 터뜨렸다.

"안 돼요, 후버트." 아줌마가 울먹였다. "당신을 가게 내버려둘 수가 없어요. 당신도 그가 아주 나쁜 사람이라고 했잖아요. 그가 당신을 발견하고 신문 같은 것으로 내리친다고 생각해 보세요. 만약 당신을 가게 한다면 나는 나 자신을 용서할 수 없을 거예요."

하지만 원래 거미들은 고집이 대단했는데, 웹 아저씨 역시 예외가 아니었다. 울먹이고 있는 아내의 이마에 다정스럽게 입을 맞춘 아저씨는 로버트의 등으로 뛰어내렸고, 그들은 곧 그곳을 출발했다.

현관에 도착하자 웹 아저씨는 로버트의 등에서 내렸다. 로버트가 풀숲 뒤에서 기다리고 있는 동안, 웹 아저씨는 현관문을 기어올라가 열쇠 구멍 안으로 들어갔다. 창문이 더러웠기 때문에 집 안은 다소 어두웠지만, 웹 아저씨에게는 전혀 문제가 되지 않았다. 웹 아저씨는 거침 없이 벽을 기어올라가더니 목소리가 들리는 거실을 향해 천장을 가로질렀다.

아저씨가 천장을 택한 것은 그곳이 가장 안전한 곳이었기 때문이었다. 아저씨는 벽이나 바닥에서는 사람들의 눈에 띄기가 쉽지만, 잠을 잘 때를 제외하곤 사람들은 천장을 잘 쳐다보지 않는다는 것을 알고 있었던 것이다. 또한 바닥을 기어다니는 거미를 발견한다면 금방 달려와 밟아 버리겠지만, 천장에 달린 거미는 쉽게 죽일 수 없다는 것도 계산에 넣었다.

그리하여 웹 아저씨는 용감하게 천장을 통해 거실로 향했다. 수염이 달린 남자와 소년이 탁자 옆에 앉아 훔쳐 온 금화를 세고 있었다. 그들은 금화를 스무 개씩 신문지로 싼 다음 천으로 만든 커다란 가방 안에 쌓아 두었다. 하지만 두 사람 모두 큰 소리로 금화를 세는 바람에 계속 서로 숫자가 헷갈렸다.

웹 아저씨는 잠시 그들을 지켜보다가 방 한쪽 구석에서 무슨 소리가 들리자 그쪽으로 옮겨갔다. 그리고 마침내 난로 옆 상자 안에 두 발이 묶인 채 누워 있는 찰스와 헨리에타를 발견했다. 찰스는 등을 바닥에 대고 누워서 처량하게 천장을 쳐다보고 있는 반면, 헨리에타는 부리로 정신 없이 매듭을 쪼고 있었다. 웹 아저씨가 보기에 헨리에타는 거의 매듭을 다 푼 상태였다.

그때 찰스가 거미를 발견했다.

"이봐!" 찰스가 소리를 질렀다. "웹 양반! 세상에, 여기서 자네를 보다니! 어떻게 우리를 찾았어? 다른 친구들도 다 여기에 왔어?"

"저 닭들이 왜 저러지?" 소년이 말했다. "달걀이라도 낳았나?"

"18, 19, 20……, 아마 그렇다면 인생의 마지막 알을 낳은 게로군." 남자가 낄낄거리고 웃더니 의미 심장하게 덧붙였다. "내일 모레가 일요일이니까."

웹 아저씨는 서둘러 벽을 내려가 상자 모퉁이 부분으로 기어올라갔다.

"세상에, 찰스, 좀 조용히 하라고!" 그가 속삭였다. "헨리에타, 그 줄을 풀 수 있을 것 같아?"

헨리에타는 하던 일을 멈추지 않은 채 고개를 끄덕였다.

"좋았어." 웹 아저씨가 말했다. "그러면 빨리 줄을 풀어. 하지만 절대로 줄을 잘라서는 안 돼. 그러면 금방 들킬 거야. 나도 내가 할 수 있는 일을 찾아볼게. 찰스, 기운을 내라고."

웹 아저씨는 풀이 죽은 수탉의 등을 진심으로 토닥여 주었다.

"우리는 절대 너희들을 모른 척하지 않을 거야."

벽에는 회색 수염을 한 남자의 커다란 초상화가 금빛 액자에 걸려 담겨 있었는데, 그는 바로 검은색 수염을 한 남자의 아버지이자 얼굴이 더러운 소년의 할아버지였다. 이 액자 뒤쪽의 그림자 속으로 걸어 들어온 웹 아저씨는 먼지가 쌓인 액자 줄 위에 다리를 꼬고 앉아 좋은 계획을 생각해 내려고 애썼다. 여러 가지 좋은 생각들이 떠오르기는 했지만, 모두 다 도무지 성공할 것 같지 않았다.

'괜히 이곳에서 귀중한 시간만 낭비하고 있군.' 하고 웹 아저씨는 생각했다. '차라리 동물들이 있는 곳으로 가서 자초지종을 설명한 다음 좋은 의견을 구하는 편이 낫겠어.'

그런 다음 그는 천장을 향해 액자 줄 위를 기어올라갔다.

그런데 바로 그때 액자 틀 가장자리 부분에 파리가 한 마리 앉아 있는 것이 보였다. 파리는 잠이 깊이 들어 있었다. 그날 아침 검은 수염을 한 남자가 아침을 먹으면서 식탁 위에 젤리와 크림과 계란을 흘리는 바람에 배불리 아침 식사를 할 수 있었던 파리는 점심 때 다시 젤리와 크림과 계란을 먹으러 식탁으로 내려가기 전에 그곳에서 잠시 낮잠을 즐기고 있었다.

하지만 그때까지 아침 식사를 하지 못했던 웹 아저씨는 살금살금 파리 뒤로 다가가서 파리의 다리를 잡았다. 파리는 윙 소리를 내면서 발버둥을 쳤지만, 웹 아저씨는 다리를 잡은 손을 놓지 않았다.

마침내 버둥거리기를 포기한 파리가 애원했다.

"아, 거미님. 친절하시고 인자하신 거미님. 제발 저를 놓아 주세요. 저를 잡아먹지 말아 주세요. 만약 제 부탁을 들어 주신다면 거미님이 원하시는 것은 무엇이든 하겠어요."

대부분의 거미들은 그러한 말을 귀담아 듣지 않은 채 게걸스럽게 파리를 집어삼켰을 것이다. 그러나 원래 마음이 따뜻한 데다가 결혼을 하면서 마음이 더 너그러워진 웹 아저씨는 잠시 머뭇거렸다. 그리고 고민을 하는 사이 한 가지 생각이 떠올랐다.

웹 아저씨가 파리에게 말했다.

"만약 네가 약속한 것처럼 내가 시키는 일은 무엇이든지 다 한다면, 너를 놓아 주지. 뿐만 아니라 이 집을 나가서 다시는 돌아오지 않을 테다. 하지만 네가 약속을 지키지 않으면, 나랑 내 아내랑 그리고 모든 친척들이 이곳으로 이사를 와서 너를 잡아먹어 버리고 말 테야."

파리는 다시 한 번 약속을 했고, 웹 아저씨는 놓아 주었다.

"좋아." 아저씨가 말했다. "이제 밖으로 나가서 네 친척들이랑 이웃을 모두 끌고 현관으로 와. 그러면 내가 너희들에게 할 일을 알려 주지."

그리하여 파리는 앞문의 열쇠 구멍 사이를 미끄러지듯 빠져나갔고, 잠시 뒤에 모든 가족과 이웃들을 데리고 나타났다. 어린 파리와 뚱뚱한 중년의 파리들, 이빨이 빠진 늙은 할아버지 파리, 그리고 날개에 관절염을 앓고 있는 늙은 할머니 파리에 이르기까지, 모든 파리들이 열쇠 구멍을 통해 쏟아져 나오더니 현관 천장에서 기다리고 있던 웹 아저씨 주위에 커다란 원을 그리며 모여들었다. 웹 아저씨는 긴 연설을 통해 당시의 상황을 설명하고 난 뒤 그들이 해야 할 일을 알려 주었다. 연설이 끝나자마자 파리들은 거미의 명령을 실천에 옮기기 시작했다.

먼저 그들은 거실로 날아가서 천장에 자리를 잡고 앉았다. 잠시 후 헨리에타가 마지막 매듭을 풀고, 찰스까지 자유의 몸이 된 것을 확인한 웹 아저씨가 "시작!" 하고 외쳤다. 그러자 공중으로 뛰쳐나온 파리들이 커다랗게 윙 하고 소리를 내면서 방 안을 날아다니기 시작했다. 그중에서 가장 나이가 어리고 민첩한 파리들은 남자와 소년을 괴롭히기 시작했다. 두세 마리의 파리들이 남자의 코에 앉아서 여섯 개의 다리로 춤을 추고 돌아다니면서 최대한으로 간지럽히기 시작한 것이다. 참다 못한 남자가 손을 들어 쫓으면, 이번에는 소년의 뒷목을 간지럽혔다. 곧 남자와 소년은 미치기 일보 직전까지 갔다. 결국 그들은 동전 세기를 멈추고 신문을 찾아 들고 파리들을 잡기 시작했다. 그러자 파리들은 모두 천장으로 피했는데, 신문을 내려놓으면 파리들을 또 괴롭혔다.

"푸!" 남자가 짜증을 냈다. "에잇! 저리 가 버려, 이 귀찮은 것들! 도대체 이 파리들이 어디서 온 거야.? 오 분 전만 해도 없었는데 말야."

"아무리 쫓으려고 해도 소용이 없어요." 소년이 체념한 듯 말했다. "푸! 내 귀에 앉지 마! 아마 창문 밖으로 나가려고 하나 봐요. 차라리 창문을 열어 주면 그리로 나갈 것 같은데요."

남자가 창문을 쳐다보았고, 그곳에는 사오십 마리의 파리들이 유리창 위를 걸어다니고 있었다.

"그 동물들만 아니라면, 나도 열어 주고 싶지. 하지만 놈들이 금화를 찾으러 이 근처에 와 있을지 몰라. 놈들이 워낙 똑똑해서 내일 아침 마을에 가서 금화를 은행에 맡기기 전까지는 안심을 할 수가 없어. 지난 가을에 놈들이 우리에게 했던 일을 너도 기억하고 있을걸."

"이 많은 파리들보다는 차라리 마흔 마리 동물들이 더 낫겠어요." 소년이 말했다. "또 우리가 잘 보고 있으면 되잖아요. 만약 놈들이 이 집 안으로 들어오려고 하면 그때 창문을 다시 닫으면 되죠."

마침내 남자는 창문 쪽으로 걸어가더니 창문을 확 열어 젖히고는 파리들이 모두 빠져나가면 다시 창문을 닫기 위해 창문 옆에 기다리고 서 있었다. 그러나 파리들은 웹 아저씨가 지시한 대로 열 마리씩 열두 마리씩 줄을 맞춰 창문 밖으로 나갔다가 재빨리 다시 열쇠 구멍을 통해 집 안으로 날아 들어왔다. 그 결과 남자와 소년을 괴롭히지는 않았지만, 집 안에는 여전히 많은 수의 파리들이 날아다니고 있었다. 왜냐하면 열두 마리가 창문을 통해 빠져나가면 다시 열두 마리가 열쇠 구멍을 통해 집 안으로 들어왔기 때문이었다.

"제길." 소년이 말했다. "정말 끝이 없네요."

"그러게 말야. 암만 해도 창문을 계속 열어 두어야 할 것 같아." 남자가 결정을 했다. "자, 이리 앉아서 금화 세는 거나 계속하자."

그리하여 두 사람은 창문 쪽을 계속 살피면서 금화를 다시 세기 시작했다.

모든 것이 웹 아저씨의 계획대로 이루어졌다. 아저씨는 상자 귀퉁이 너머로 불안하게 주위를 살피고 있던 헨리에타와 찰스에게 신호를 보냈다. 남자와 소년은 창문 쪽만 살피고 있었기 때문에 두 마리 닭이 조심스럽게 상자 밖으로 나와 살금살금 그들 쪽으로 다가오고 있는 것은 전혀 눈치채지 못했다.

찰스는 무서워서 거의 숨이 막힐 지경이었지만, 헨리에타를 따라 테이블 바로 아래까지 올 수 있었다. 그리고 잠시 후 다시 웹 아저씨의 신호가 떨어지자 파리들이 윙 하고 날아오더니 남자의 코 위를 걸어다니고 소년의 귀 주위에서 윙 소리를 내며 조금 전보다 두 배는 더 그들을 괴롭혔다. 남자와 소년이 두 눈을 질끈 감은 채 파리를 쫓기 위해 손을 내젓는 동안, 찰스와 헨리에타는 창문턱을 폴짝 뛰어넘어 죽을 힘을 다해 풀밭 위를 달려갔다.

잠시 후 웹 아저씨가 현관에 모습을 나타내자 파리들이 모두 그의 주위에 모여들었다. 아저씨는 짧은 연설을 통해 파리들에게 감사의 뜻을 전한 뒤 이제는 돌아가도 좋다고 했다. 웹 아저씨가 마지막 파리를 좇아 열쇠 구멍을 통해 집 밖으로 나왔을 때, 거실 창문이 쾅 하고 닫히더니 이어서 소년이 다급한 목소리로 "아빠! 아빠! 이리 와 봐요! 닭들이 모두 사라졌어요!"라고 외치는 소리가 들렸다.

웹 아저씨는 혼자서 쿡쿡 하고 웃었다.

"계획은 대 성공이었어." 아저씨는 중얼거렸다. "하지만 이제 금화를 어떻게 찾아오지?"

20
금화를 되찾다

친구들을 다시 만나게 된 찰스와 헨리에타는 말할 수 없이 기뻤고, 다른 동물들 역시 기쁘기는 마찬가지였다. 찰스는 개들과 프레디, 한크, 그리고 생쥐들과 악수를 나누었다. 헨리에타는 오리들과 위긴스 아줌마의 뺨에 뽀뽀를 했는데, 하마터면 부리로 아줌마의 눈을 찌를 뻔했다. 헨리에타는 웹 아줌마에게도 뽀뽀를 하려고 했지만, 웹 아줌마가 사양하는 바람에 그럴 수가 없었다.

"자, 여러분" 로버트가 말을 꺼냈다. "우리는 전쟁 회의를 소집해서 금을 되찾아야 와야 합니다. 그것도 내일 동이 트기 전까지 말입니다. 헨리에타에 따르면 놈들이 내일 아침 마을 은행에 그 금화를 맡기려고 한다니, 만약 그렇게 되면 다시는 금화를 보지 못하게 될 겁니다."

"그러니 어떻게 해서든지 그 집 안으로 들어가야 해요." 징크스가 거들었다. "아무래도 놈들이 우리를 보지 못하도록 깜깜할 때가 좋겠어요. 하지만 밤에는 파리들도 잠을 자느라고 우리를 도와주지 못할 텐데, 어떻게 해야 놈들이 창문이나 문을 열게 만들 수 있을까?"

"빈 아저씨는 잠자기 전에 항상 창문을 열어 환기를 시키시는데." 한크가 말했다.

"내 말을 믿으셔도 좋은데요, 이 남자는 절대 그렇지 않아요." 헨리에타가 말했다. "세상에 그렇게 지저분한 집은 생전 처음 봤다니까요."

"한 번은 빈 아저씨가 난로 위에 기름을 쏟으신 적이 있었는데 그때 연기가 빠져나가도록 창문을 열어 두셨지." 로버트가 옛날 일을 떠올렸다.

"맞아. 하지만 우리는 집 안으로 들어가 난로 위에 무얼 쏟을 수가 없어." 어크가 말했다.

"잠깐만." 갑자기 징크스가 소리를 질렀다. "좋은 생각이 떠올랐어. 그래 이렇게 하면 될 것 같아."

징크스는 흥분해서 계획을 설명했는데, 나중에 밝혀지겠지만 고양이치고는 상당히 똑똑한 생각을 해냈다.

그날 밤 계획을 실천에 옮기기로 한 동물들은 숲에 모여 앉아서 집을 감시하면서 밤이 되기를 기다렸다. 동물들은 시간을 보내기 위해 게임을 하려고 했지만, 집도 가까웠고 빨리 집 안으로 들어가고 싶은 마음에 초조해져서 게임에 별로 흥미가 생기지 않았다. 드디어 해가 지고 기다란 그림자가 숲을 빠져나와 풀밭과 나무들을 덮었다. 암청색의 하늘에서는 별들이 반짝이기 시작했다. 그때까지도 동물들은 계획을 실천에 옮기려고 하지 않았다. 시간이 흘러 밤 9시경이 되어 집 안을 밝히던 불빛이 꺼지면서 남자와 소년이 잠자리에 들었다는 것을 확인한 뒤에야 비로소 징크스는 때가 되었음을 알렸다.

잠시 후 동물들은 모두 집 근처에 있는 들판으로 나갔다. 그리고는 그곳에서 날카로운 코를 가진 프레디와 쇠로 만든 신을 신고 있는 한크가 흙을 파헤쳐 풀을 뿌리째 뽑았다. 그런 다음 이 풀들을 집 근처까지 날랐다. 이어서 징크스가 양팔 가득 풀을 안고 거실 지붕 쪽으로 올라가서는 굴뚝 안으로 풀을 떨어뜨렸다. 그리고는 다시 밑으로 내려온 징크스는 또 풀을 들고 지붕 위로 올라갔는데, 이런 식으로 징크스는 굴뚝이 완전히 막힐 때까지 풀을 날랐다.

집 안에서는 남자와 소년이 머리맡에 금화 주머니를 둔 채 깊은 잠에 빠져 있었다. 동물들에게는 다행스럽게도, 남자와 소년은 다음 날 아침 새로 불을 피우지 않아도 되도록 난로 가득 장작을 태우고 있었는데, 굴뚝으로 빠져나가지 못한 연기들이 거실을 채우기 시작했다. 거실을 채운 연기는 현관을 지나 계단 위로 올라오더니 마침내 침실 안에까지 새어들기 시작했다.

잠시 후 목이 칼칼해진 소년이 잠에서 깼다.

"불이야!" 소년이 침대에서 뛰어내리면서 소리를 질렀다. "불이야! 아빠 일어나요! 집에 불이 났어요!"

순식간에 남자와 소년이 방에서 뛰쳐나왔다. 그들은 잠옷을 입은 채 무거운 금화 주머니를 끌면서 계단을 서둘러 내려왔다. 우당탕탕 쿵쾅. 현관문을 열고 마당으로 뛰쳐나간 그들은 그곳에 금화 꾸러미를 내려놓더니 그 위에 앉아 숨을 가쁘게 몰아쉬었다. 그리고 나서 집 쪽을 돌아다보았다.

"뭐야, 불이 난 게 아니잖아!" 남자가 외쳤다.

"그러면 어디서 연기가 난 걸까요?" 소년이 물었다.

"글쎄 모르겠는걸." 남자는 의아하게 생각했다. "아마 다른 곳에서 불이 났나 보지. 집 안으로 들어가서 살펴봐야겠다."

그리하여 남자와 소년은 금화 주머니를 끌고 다시 집 안으로 들어갔는데, 갑자기 불이 번질 경우를 대비해서 앞문을 열어 두었다.

나무와 수풀 뒤에 숨어 있던 동물들이 살금살금 문가로 다가갔다. 그들은 남자와 소년이 거실 쪽으로 사라진 것을 확인하자마자 몰래 집 안으로 들어왔다. 징크스와 생쥐들은 서둘러 이층 침실로 향했는데, 징크스가 신발 두 켤레를 다른 방으로 가지고 가서 옷장 밑에 숨기는 동안 쥐들은 옷에 달려 있던 단추들을 모조리 뜯어 냈다. 프레디와 로버트와 잭은 식탁 밑에 숨었고, 한크는 머리와 꼬리가 조금 보이기는 했지만 식당에 창문에 드리워져 있는 기다란 벨벳 커튼 뒤에 몸을 숨겼다.

동물들이 집 안으로 들어올 때 시끄러운 소리가 났지만, 흥분해서 연기를 빼기 위해 창문에 매달려 있던 남자와 소년은 전혀 그 소리를 듣지 못했다. 심지어 위긴스 아줌마가 현관에 있던 우산꽂이를 쓰러뜨렸는데도 알아차리지 못했다.

동물들이 모두 집 안으로 들어왔다. 마지막으로 위긴스 아줌마까지 식당에 들어와 붉은색 테이블 보에 몸을 숨긴 채 쭈그리고 앉아 마치 가구처럼 보이게 위장을 마치자 징크스가 계단 위로 올라가 울음소리를 냈다. 고양이는 마음만 먹으면 아주 귀에 거슬리는 소리를 낼 수 있는데, 징크스는 최선을 다하고 있었다. 징크스가 신음 소리에 이어 커다란 목소리로 야─옹 하고 슬픈 듯이 길게 울자 잠시 후 남자와 소년이 현관 쪽으로 나왔다. 두 사람은 몹시도 겁에 질렸는지 잠옷 아래로 드러나 있는 무릎이 심하게 떨리고 있었다.

"아, 아빠!" 소년이 물었다. "이게 무, 무슨 소리죠?"

"자, 너는 이 금화 꾸러미를 들고 식당으로 가서 잘 지켜. 내가 올라가서 무슨 일인지 알아볼게."

남자가 소년을 달랬다.

소년은 금화 꾸러미를 질질 끌고 식당으로 가서 문을 닫았다.

동물들은 모두 꼼짝도 하지 않고 있었다. 달빛이 밝았지만 방 안은 어두컴컴하여 소년은 동물들을 알아보지 못했다. 그런데 바로 그때 소년이 위긴스 아줌마를 보았다.

"이상하다. 저 붉은색 소파는 어디서 난 거지?" 소년이 중얼거렸다. "전에는 못 보던 건데."

이 말과 함께 소년은 위긴스 아줌마가 있는 쪽으로 걸어가더니 아줌마 위에 걸터앉았다.

위긴스 아줌마는 언제나 유머 감각이 있는 동물이었다. 이 말은 다시 말해서 때를 가리지 않고 웃음을 터뜨린다는 것을 의미한다. 그리고 이때도 역시 아줌마의 웃음보가 터졌다.

"으악!" 소년이 비명을 지르며 벌떡 일어서더니 금화 꾸러미를 잘 지키라는 아빠의 말은 까맣게 잊은 채 식당에 있는 소파가 살아 있다는 것을 알리기 위해 계단을 뛰어올라갔다.

바로 그때 로버트가 테이블 아래에서 나왔다.

"자, 바로 지금이야."

그러자 위긴스 아줌마는 테이블 보를 벗어던졌고, 한크는 커튼 뒤에서 모습을 드러냈다. 프레디와 잭도 테이블 아래에서 나왔다. 동물들은 모두 힘을 합해 무거운 금화 꾸러미를 이빨로 꽉 문 다음 끌기 시작했다.

식당을 나와 현관으로 온 동물들은 다시 앞문을 통과해 마당을 지나 헛간까지 꾸러미를 끌고 갔다. 그들이 최대한 신속하게 금화 꾸러미를 마차 위로 집어 올리자 한크는 양어깨에 줄을 매고 헛간 밖으로 마차를 끌고 나왔다. 남자가 침실 여기저기를 뒤지고 다니는 동안 몰래 계단을 내려와 있던 징크스와 생쥐들은 찰스와 헨리에타, 그리고 오리들과 함께 마차에 올라탔다.

"한크, 준비 다 됐어." 로버트가 말했다. "친구들이 모두 마차에 올라탔어. 다음 정거장인 집을 향해 하나, 둘, 셋 출발!"

그리하여 행렬은 문을 나섰고, 한크는 덜거덕거리며 돌멩이가 튀도록 전속력으로 달렸다. 로버트와 잭, 프레디가 옆에서 신이 나서 달렸고, 위긴스 아줌마는 맨 뒤에서 쿵쾅거리면서 쫓아왔다. 한편 덩치가 작은 동물들은 부리와 앞발을 이용해 떨어지지 않도록 필사적으로 매달렸다.

한편 위층에서 아무것도 찾아내지 못한 남자는 혹시 자신이 속임수에 넘어간 것은 아닐까 하는 의심이 들기 시작했다. 그때 달그락거리며 바퀴가 굴러가는 소리와 함께 말발굽 소리가 들리자 의심은 확신으로 변했다. 그 당시에는 금화를 지키지 못한 것에 대해 소년에게 아무 말도 하지 않았지만, 마음속으로는 나중에 호되게 때려 주어야겠다고 생각했다. 남자는 서둘러 아래층의 식당으로 달려갔고, 당연히 금화 꾸러미는 사라지고 없었다. 그러자 남자는 문가로 달려갔는데, 마침 위긴스 아줌마의 엉덩이가 대문을 빠져나가는 것을 볼 수 있었다.

"옷 입어!" 남자가 소리쳤다. "동물들이었어. 내가 진작 눈치를 챘어야 했는데! 하지만 서두르면 놈들을 잡을 수 있을 거야. 놈들은 우리에게 자동차가 있다는 사실을 잊어버리고 있는 거야."

남자와 아이는 금방 옷을 입었다. 그러나 단추가 모두 떨어지고 없어서 옷이 자꾸만 벗겨졌다. 한동안 옷과 씨름을 한 뒤에야 핀으로 옷을 고정시킬 수 있었다. 하지만 조금이라도 움직이기만 하면 핀이 몸을 찌르는 바람에 고통스런 비명이 터져 나왔다. 그런데 옷이 해결되자 이번에는 신발을 찾을 수가 없었다. 결국 양말 차림으로 밖으로 나온 그들은 덜거덕거리는 자동차에 올라타고 동물들을 추격하기 시작했다.

동물들은 출발이 빨랐다. 하지만 계곡 맞은편에 있는 언덕을 올라가기 시작했을 때 저 멀리 조그마한 두 개의 자동차 불빛이 점점 커지는 것을 볼 수 있었다. 검은색 수염을 한 남자가 맹렬하게 차를 몰아 옴에 따라 부릉부릉 하는 엔진 소리가 점점 더 가까워졌다.

"우리가 탈출에 성공할 수 있을까?"

한크가 숨을 가쁘게 몰아 쉬었다.

"반드시 성공해야 돼." 로버트가 말했다. "있는 힘껏 달려야 해."

하지만 시간이 갈수록 동물들이 남자의 추적을 피하는 것이 점점 어려워져 갔다. 왜냐하면 자동차가 두 배나 더 빨랐기 때문이었다. 더욱이 그들이 전날 밤을 보냈던 다리에 도착하자 한크는 걷기 시작했다.

"쓸데 없는 일이야." 그가 말했다. "나는 도저히 이 언덕을 뛰어올라갈 수 없어. 우리 그러지 말고 숲 속에 숨어 버리면 어떨까?"

"마차 때문에 그건 안 돼." 위긴스 아줌마가 반대를 했다. "그러면 한크야, 너는 계속해서 달려가. 내가 이 다리에 남아서 놈들이 오지 못하게 막을게. 최대한 빨리 달리란 말야. 나도 될 수 있으면 집에 도착하기 전에 너를 따라잡을게. 잠깐만. 생쥐들도 나랑 같이 남아 줬으면 해. 분명히 도움이 될 거야."

동물들은 처음에는 아줌마를 남겨 두고 가는 것에 동의하지 않았다.

"우리도 남아서 아줌마를 도와 끝까지 싸울 거예요." 동물들이 말했다.

하지만 그녀는 끝까지 고집을 부렸다. 나름대로 좋은 계획이 있었기 때문에 그들이 있어 봤자 방해만 된다고 생각했던 것이다. 그리하여 동물들은 마지못해 작별을 고했고, 위긴스 아줌마와 생쥐들을 다리에 남겨둔 채 그곳을 출발했다.

동물들이 떠나자마자, 위긴스 아줌마는 작업을 시작했다. 먼저 뿔을 이용해 다리 난간을 옆으로 밀어 놓은 다음 판자를 뜯어 다리 중간에 쌓아 두었다. 그런 다음 생쥐들과 함께 풀숲에 숨어 그들이 오기를 기다렸다. 곧 자동차가 구불구불 언덕을 올라왔는데, 금방이라도 주저앉을 것처럼 심하게 덜컹거렸다. 자동차가 덜컹거릴 때마다 옷에 꽂아 둔 핀이 살을 찌르는 바람에 남자와 소년은 비명을 질렀다.

그때 판자 더미를 발견한 남자가 급하게 브레이크를 밟는 통에 남자와 소년은 자동차 앞으로 튕겨 나와 다리 위에 철퍼덕 주저앉고 말았다. 그리고 찢어질 듯한 비명 소리가 터져 나왔다. 옷에 꽂혀 있던 핀들이 한꺼번에 몸을 찔렀기 때문이었다. 곧 그들은 자리에서 일어나 판자를 치우기 시작했다.

"자, 생쥐들아." 위긴스 아줌마가 속삭였다. "이제 나가서 내가 시킨 대로 해."

아줌마의 신호에 따라 풀숲 밖으로 기어나온 생쥐들은 각각 자동차 타이어로 기어올랐다. 그리고 나서 작고 날카로운 이빨을 이용해 두꺼운 고무 타이어에 구멍을 내기 시작했다.

"정말 질기군." 이니가 찍찍 불평을 했다.

"애들아, 쉬지 말고 계속해." 퀵이 찍찍거렸다. "이제 모든 것이 우리에게 달려 있어."

하지만 타이어가 너무 두꺼웠기 때문에, 생쥐들이 바람이 샐 만큼 커다란 구멍을 뚫기도 전에 남자가 판자들을 말끔히 치우고서 시동을 걸기 시작했다. 결국 생쥐들은 타이어에서 뛰어내려야 했다. 그러자 이번에는 위긴스 아줌마가 일어서더니 고개를 숙여서 뿔을 밑으로 내리고 흔들면서 적들을 막을 준비를 했다. 바로 그때 자동차가 천천히 다리를 건너기 시작했다. 아줌마는 전속력으로 달려와 자동차를 강물 속으로 떨어뜨리기 위해 애를 썼다. 그때 왼쪽 타이어에서 픽! 하고 소리가 나더니 이어서 오른쪽 타이어에서도 피시시시! 하는 소리가 났다. 곧 이어서 갑자기 뻥 하고 두 타이어가 터지면서 자동차가 심하게 요동을 치더니 멈추어 섰다. 비록 생쥐들이 타이어에 구멍을 내지는 못했지만 타이어의 고무를 약하게 만드는 데에는 성공을 했고, 남자가 시동을 걸자마자 자동차가 완전히 주저앉아 버렸던 것이다.

검은 수염을 한 남자는 '이제는 틀렸구나' 하고 생각했다. 더 이상 동물들을 따라잡아 금화를 되찾아올 가능성이 없다는 것을 깨달은 남자는 비통한 듯 한참 동안 길을 응시했다. 하지만 그는 실천을 중요하게 생각하는 남자였다. 다시 말해서 비록 아무 짝에도 쓸모없는 일이라 하더라도 당장 일을 처리하는 것이 옳다고 믿는 사람이었다. 그래서 그는 판자 조각을 들더니 소년의 엉덩이를 때리기 시작했다. 그런 다음 양말만 신은 채 오던 길을 되돌아갔다.

21
그리운 집으로

다음 날 아침 일찍 빈 아저씨가 침실 창문 밖으로 고개를 내밀었다. 상큼한 아침 바람에 하얀색 수면 모자에 달린 붉은 술이 흔들거렸고, 터부룩한 회색 수염이 춤을 추었다. 아저씨는 오늘 날씨가 어떨지 밖을 살피고 있었다.

"세상에!" 아저씨가 말했다. "벌써 여섯 시가 다 됐잖아! 수탉이 정말 그리워지는군! 수탉이 떠난 뒤로는 한 번도 제때 일어난 적이 없어!"

얼른 옷을 입고 아래층으로 내려온 아저씨는 외양간으로 가서 부르츠버거 아줌마와 보거스 아줌마에게 아침밥을 주었다. 그런 다음 닭들과 돼지들, 말과 다른 동물들에게도 아침을 주었다. 나이 많고 현명한 양치기 개 조크가 아저씨 곁을 졸졸 따라다녔다.

잠시 뒤에 빈 아줌마가 아침 식사를 알리는 종을 쳤다. 그러자 아저씨는 집 안으로 들어가 식탁에 앉아 냅킨을 턱에 끼우고, 아침 식사로 나온 커피와 팬케이크, 뜨거운 비스킷, 햄과 계란과 오트밀과 잼을 먹었다. 잠시 뒤 충분히 아침 식사를 마친 아저씨는 의자를 뒤로 밀치고는 수염에 불이 붙지 않게 조심하면서 성냥으로 담배 파이프에 불을 붙였다.

아저씨가 입을 열었다.

"여보, 당신은 어떨지 모르겠지만, 난 정말 동물들이 다시 돌아왔으면 좋겠어. 이 좋은 봄날에 로버트와 한크, 위긴스와 다른 동물들이 없으니 좀 쓸쓸한 것 같아."

"여보." 그의 아내가 말했다. "동물들이 간 뒤로 아침마다 매일 똑같은 얘기군요. 내 대답도 똑같아요. 나도 동물들이 보고 싶다고요. 특히 우리 귀여운 고양이 징크스가 눈에 가물거려요."

"가끔 내가 애들한테 조금만 더 잘 대해 주었더라면 애들이 떠나지 않았을 텐데 하는 생각이 들어."

빈 아저씨가 말했다.

"여보, 당신은 항상 애들한테 끔찍이 잘해 주었어요."

아줌마가 아저씨를 위로했다.

"그래, 나도 그러려고 노력했지." 아저씨가 말했다. "먹을 것도 많이 주고 힘든 일은 되도록 시키지 않으려고 했어. 하지만 그래도 애들이 불편한 데가 있었던 거야. 가축 우리를 모두 고쳐야 하는데. 겨울이 되면 외풍도 심하고 아주 춥거든."

"하지만, 그럴 돈이 어디 있어야지요."

아내가 안타까워했다.

"그래, 그렇긴 해."

아저씨가 한숨을 쉬었다. 그리고 나서 부부는 아무 말도 하지 않았다.

그때 갑자기 헛간 뜰에서 조크가 짖기 시작했다. 암탉들도 꼬꼬댁 울기 시작했고, 소들이 음매, 오리들이 꽥꽥, 돼지들이 꿀꿀거렸다. 그 소리에 깜짝 놀란 빈 아저씨가 창문가로 달려갔다.

"도대체 왜 이 난리들이야?" 창문 밖을 내다본 아저씨가 "여보! 여보!" 하고 큰 소리로 아내를 불렀다.

"애들이 왔어! 애들이 다시 돌아왔다고! 이리 빨리 안뜰로 나와 봐!"

부부는 방랑자들을 반기기 위해 뛰어나갔다.

집에 남아 있던 동물들이 모두 대문 양쪽으로 늘어서서 여행에서 돌아온 동물들을 반갑게 맞았다. 제일 먼저 찰스와 헨리에타가 서로 날개를 포갠 채 들어섰고, 징크스가 거만하게 붉은색 꼬리를 흔들면서 그 뒤를 따랐다. 이어서 프레디와 잭과 로버트가 들어왔다. 그리고 한크가 끄는 마차가 도착했는데, 마지막으로 위긴스 아줌마가 앨리스와 엠마, 네 마리의 생쥐들을 등에 태운 채 들어왔다.

집 안으로 행진해 들어온 동물들은 마당 주위를 세 바퀴 돌았고, 빈 아저씨와 동물들은 목이 쉬도록 만세를 외쳤다. 잠시 뒤에 동물들이 빈 아저씨 바로 앞에 마차를 세웠는데, 마차 위로 뛰어올라간 로버트가 잭과 위긴스 아줌마의 도움을 받아서 금화 꾸러미를 바닥에 쏟아 놓았다.

"이게 뭐야!" 하고 소리를 지른 빈 아저씨가 몸을 구부려 꾸러미를 풀기 시작하자 반짝이는 금화가 쏟아져 나왔다.

"금이다!" 아저씨가 외쳤다. "20달러짜리 금화잖아! 와, 수천 달러가 넘겠네! 새 헛간을 스무 개나 짓고도 남겠는걸! 너희들이 이걸 나한테 가져다 주었구나!"

아저씨는 한동안 꼼짝도 하지 않고 서 있더니 갑자기 쓰고 있던 모자를 공중으로 집어 던졌다. 그런 다음 빈 아줌마 허리에 팔을 두르더니 어지러워서 도저히 움직일 수 없을 때까지 춤을 추며 마당을 돌아다녔다. 그러자 동물들이 모두 환호성을 지르며 함께 춤을 추기 시작했다. 빈 아저씨와 아줌마는 돌아가면서 모든 동물들을 안아 주었는데, 몹시 기쁘기는 했지만 세게 포옹하는 것을 무서워하는 생쥐들까지도 예외가 아니었다.

잠시 후 그들이 가지고 온 자명종 시계와 숄, 그 밖의 다른 물건들에 대해 칭찬을 아끼지 않은 아저씨가 동물들을 환영하는 연설을 시작했다.

"동물 친구들아." 아저씨가 말했다. "이처럼 멋진 선물을 많이 가지고 와서 정말로 고맙구나. 그냥 너희들만 무사히 돌아왔어도 더할 수 없이 기뻤을 텐데, 금화까지 가지고 왔으니 이제 너희들과 함께 나누어 가졌으면 해. 너희들은 현대식 시설을 갖춘 새 집을 갖게 될 거야. 인부들이 당장 내일부터 새 집을 지을 수 있도록 빈 아줌마와 내가 오늘밤 계획을 세울 거야. 그리고 앞으로 너희들은 하루에 여섯 시간 이상 일하지 않게 될 거야. 필요한 경우에는 한크와 윌리엄이 더 일을 할 수도 있는데, 그럴 때에는 일을 더 한 시간만큼 별도의 귀리와 설탕을 줄 거야. 이제 자명종 시계가 생겼으니까 찰스는 아침에 늦잠을 자도 돼. 오리 연못은 물론 다른 동물의 축사에도 전등을 달아 줄 계획이고, 쥐들에게도 작은 집을 지어 줄게. 그리고 아마 내년 겨울에는 우리 모두 남쪽으로 갈 수 있을 거야. 그리고 지금 너희들은 가족들을 만나 산과 강을 넘어야 했던 모험담을 들려주고 싶을 거야. 따라서 오늘은 일을 하지 않고 너희들이 집에 돌아온 것을 기념하는 휴일로 정했으면 해. 아 참, 너희들 배가 고프겠구나. 빈 아줌마가 당장 너희들을 위한 파티를 준비하실 거고, 나는 그동안 새 집을 지을 계획을 세워야겠다. 다시 한번, 동물 친구들아, 진심으로 고맙다."

그날 밤 축하 파티가 끝나고 동물들은 모두 잠자리에 들었다. 그러나 평소보다 많이 먹어서인지 잠을 잘 수 없던 프레디는 달빛을 받으며 산책을 했다.

프레디가 중얼거렸다.

"여행을 하고 모험을 즐기는 것도 재미있지만, 뭐니뭐니해도 집이 제일이야."

그리고 나서 그는 비록 낡았지만 자신이 오랜 시간을 보낸 정이 든 돼지 우리를 애정 어린 눈으로 쳐다보면서 이렇게 노래를 불렀다.

오, 모험을 즐기는 인생은 재미있고 자유로워.
위험도 나름대로 매력이 있지.
용감한 돼지들은 자유를 원해.
주인님의 농장 우리에 만족하지 않지.

하지만 더러운 옛날 집을 떠올릴 때면
솔직한 돼지는 한숨을 참을 수 없다네.
그러나 길고 긴 여행으로 몸은 지치고
길은 더욱 멀고 가파르기만 하네.
너무 오래 길을 걸으면
여행도 지루하고 마음 편히 쉴 곳도 없다네.

돼지와 사람들이 아무리 여행을 좋아해도
언제나 그리운 곳은 집뿐이라네.